N & K

KOLLEKTION

NAGEL & KIMCHE

Herausgegeben von
Peter von Matt

Adelheid Duvanel

Beim Hute meiner Mutter

Erzählungen

Mit einem Nachwort von
Peter von Matt

Nagel & Kimche

1 2 3 4 5 08 07 06 05 04

Herstellung: Meike Harms und Hanne Koblischka
Satz: Filmsatz Schröter GmbH
Druck und Bindung: Friedrich Pustet
Printed in Germany
ISBN 3-312-00332-6

Inhalt

Der Hut

Kaspar liebte es nicht, wenn der Nebel die Kronen der Bäume versteckte und der Wind den Blumen den Mund zuhielt, so daß sie wie tote Vögel auf der Erde lagen, wohl aber liebte er das radschlagende Licht über den Kirchturmspitzen, die tanzenden Wellen des Flusses, die die Bäuche der Schiffe an sich preßten, den durchdringenden Gesang der Vögel. Als Kind, so wenigstens zeigte es ihm die Erinnerung, saß er in einem Zimmer und aß, und seine Mutter, auf deren Kopf ein großer Hut thronte, näherte sich jede Minute, um zu sehen, ob es ihm schmecke. Manchmal, wenn es finster wurde, die Uhr nicht mehr tickte und der Himmel zum Fenster hereinzufallen drohte, flogen weiße Blumen vorbei.

Einmal, als Kaspar kein Kind mehr war, flatterte eine Fledermaus zum Fenster herein. Ihre Augen waren zart und leuchtend, ihre Stimme glich dem Orgelspiel des Satans, sie hatte gelbe Zähne, ihre Bewegungen waren fremdartig, tänzerisch, ihr Lächeln rein wie der Morgenhimmel. Sie sprach: «Guten Abend» und bat, sich setzen zu dürfen. Sie aß Weißbrot, trank Milch und blickte zum Fenster hinaus, wo Schneeflocken um eine großäugige Winternacht wirbelten und Bäume wie die Hände Verschütteter aus der Erde ragten. Das Fenster stand offen, denn Kaspar fürchtete immer zu ersticken. Nun betrachtete er den Besuch beunruhigt, denn es hatte ihn noch nie jemand von ähnlicher Art besucht. (Die gelegentlichen Visiten des Betreibungsbeamten nahm er nicht ernst.) Er fragte: «Wer bist du?», was beweist, daß er versuchte, seinen angeborenen Hang zur Höflichkeit zu unterdrücken, der ihm geboten hätte, die Fledermaus mit «Sie» anzureden. Es ist möglich, daß er dadurch das Befremdende, Unglaubliche entzaubern wollte, vielleicht hielt er auch deshalb in seiner Arbeit nicht inne, sondern fuhr fort, weibliche Figürchen aus Ton zu formen, die er jeweils verkaufte. Seine Mutter saß neben dem Ofen, wo sie die Zeitung gelesen hatte. Ihr Hut war von grellroter Farbe, und sie blickte recht selbstsicher darunter hervor, wahrscheinlich liebte sie es, sich und ihren Sohn unter seinem Schutz zu wähnen. Die Fledermaus räusperte sich, beugte sich über den Tisch und sprach einige geflügelte Worte, worauf das Figürchen, das Kaspar eben tüchtig und liebevoll geknetet hatte, wuchs, rostbraunes Haar bekam und blaue Augen, einen lächelnden Mund, niedliche Händchen und Füßchen, die sich bewegten. Da es möglicherweise schamhaft war, wurde es in ein weißes Spitzenkleid gehüllt, das, einer Schneewolke gleich, zum Fenster hereinschwebte. Kaspar, der nicht wußte, wie ihm geschah, stammelte: «Wie schön du bist» und betrachtete das Wunder von allen Seiten, als ob er seine Vollkommenheit anzweifelte. Während er noch von einem Fuß auf den andern trat, ohne sich dieser kindlichen Angewohnheit bewußt zu werden, erhob sich die Mutter aus ihrer Ecke, in welcher sie wie ein Pilz im finstern Wald gesessen hatte, öffnete ihren Mund, auf welchem Staub lag, und meinte, diese Figur sei ihrem Sohn besonders gut gelungen, und er werde sie wohl teuer verkaufen können. Das schöne Mädchen lächelte, als Kaspar sagte: «Ja, Mama», denn es schien, als wäre nicht er es, der diese Worte sprach, da seine Zunge sich nicht bewegte, sondern auf seiner Lippe lag. Er erinnerte sich, daß er bis jetzt Frauen geküßt hatte, wie man sonderbare Tiere streichelt, um sie, mehr noch sich selbst, zu beschwichtigen.

Noch während verschiedene, nicht unangenehme Gedanken durch seinen Sinn gingen, begann der Hut der Mutter zu wanken, neigte sich wie ein Schneemann, den die Sonne streichelt, wurde weich, es bildeten sich Tropfen, die zu Boden fielen, doch er schmolz nicht, wie Kaspar erwartete, sondern hob sich, flog majestätisch zum Fenster hinaus, immer höher und höher, mitten in den weißen, wirbelnden Himmel hinein, wo er einen Augenblick lang stillstand, einen blutroten Mond vortäuschte und dann erlosch.

Die Fledermaus flatterte still davon, und Kaspar, verwirrt, trunken vor Glück und Verwunderung, nahm das Mädchen bei der Hand. Draußen kauerten die Wälder wie dicke, weiße Bären, der Himmel schlug wütend gegen die Fenster des Hauses, in welchem die Mutter verblüfft in ihrer Ecke stand und in einer Mischung von Wohlwollen und Mißbilligung murmelte: «Mein Sohn, mein Sohn, welch seltsame Dinge tragen sich zu – ob sie wohl zu unserem Besten sind?»

Jahre später, als die alte Mutter, die den Verlust ihres Hutes nie ganz verschmerzen konnte, gestorben war und Kaspar mit seiner jungen Frau in ein helleres Land gezogen war, in ein Land, wo die Gewitter fröhlich über den fetten Bäumen trommelten, wo der Nebel golden war und wo die Winde Liebesworte flüsterten, wo die Blumen mit steifen Seidenkleidchen tanzten und die Vögel den ganzen Tag sangen, konnte es vorkommen, daß der junge Ehemann mitten in einem Gespräch plötzlich gen Himmel blickte und beschwörend sagte: «Beim Hute meiner Mutter», so, wie andere Leute zu sagen pflegen: «Bei Gott.» Jedermann wunderte sich ob dieser Redeweise, nur seine Frau zwinkerte ihm zu, so, als wüßte sie mehr als andere – aber über die Fledermaus wußte sie eigentlich ebensowenig wie ihr Gatte.

Das ist nun eben so, lieber Gott

An seinem fünfunddreißigsten Geburtstag hatte Emil Knacks sich mit der Bitte an den Pfarrer gewandt, ihm eine fromme Jungfrau zu nennen, die es wert wäre, Frau Knacks zu werden. Der Pfarrer, ein nervöser Herr, der seine Predigten meist mit den anklagend in die Kirche geschleuderten Worten begann: «Der Pfarrer muß wieder einmal sagen ...», worauf die Gemeinde sich in Erwartung des üblichen Donnerwetters schuldbewußt duckte, pries ein Fräulein namens Lisa. «Sie ist Inhaberin einer Spezereiwarenhandlung», flüsterte er, «erscheint jeden Morgen in der Frühmesse, wurde nie in Begleitung eines Mannes gesehen und ist, nebenbei gesagt, nicht unbemittelt.»

Emil war während langer Zeit davon überzeugt gewesen, ein Versager zu sein, da seine Versuche, einen einträglichen Beruf zu erlernen, gescheitert waren. (Von jenem Augenblick an, da er bei der kaufmännischen Lehrabschlußprüfung die Herren der Prüfungskommission mit «Buenos Aires, Messieurs», statt mit «Bonjour Messieurs» angesprochen hatte, als er, zu spät, außer Atem, ins Klassenzimmer gestürmt war, mit einer Mandoline unter dem Arm, die er gekauft hatte, da er das Mandolinenspiel erlernen wollte, schien alles fehlzuschlagen. Er eignete sich weder zum Verkäufer noch zum Coiffeur, weder zum Straßenwischer noch zum Büroangestellten.) Nun war er selbstbewußter geworden, verdiente seinen Lebensunterhalt mit dem Bemalen von Zahnprothesen, was ihm nicht erlaubte, sich auf Rosen zu betten, ihm aber ein regelmäßiges Einkommen sicherte, und verfaßte nebenbei Kurzgeschichten, von welchen die eine oder andere in einer Zeitung veröffentlicht wurde. Er war, so bedauerlich das ist, Vater eines unehelichen Söhnchens, das in einem Kinderheim aufwuchs, wo er es von Zeit zu Zeit besuchte und beschenkte. Die Mutter, eine unseriöse Person, kümmerte sich nicht um ihr Kind. Er erzählte Lisa schon am zweiten Abend ihrer Bekanntschaft von seinem Sohn, und da er wußte, daß sie auf einer Laienbühne tragische Rollen spielte, befürchtete er, ihr schauspielerisches Temperament würde sie veranlassen, die Arme zu verwerfen und Rufe der Empörung auszustoßen, doch sie senkte nur den Kopf. Sie war einige Jahre älter als Emil und leitete eine Mädchengruppe, die Uniformen trug, viel sang, wanderte, morste und in Schnüre komplizierte Knoten schlang.

Emil fühlte sich nie versucht, vor seiner Braut im besten Licht zu erscheinen; weder übte er vor dem Spiegel betörende, spezifisch männliche Gesten, noch bemühte er sich, geistreiche Reden zu führen. Er kleidete sich nicht sorgfältiger als sonst und wunderte sich über seine Nachlässigkeit, fühlte sich durch sie beunruhigt. Hie und da erinnerte er sich wehmütig an Sonja, die Mutter seines Söhnchens, die irgendwo im Ausland lebte und die einmal den Ausspruch getan hatte: «Ich liebe dich so; ich wollte, ich könnte dich gebären», was Emil entzückt für eine seiner geplanten Erzählungen notierte. (Seine Geschichten waren düster und handelten von gefallenen Mädchen, Großstädten, Asphalt und Neonlichtern.) Er fragte sich, ob er Lisa liebe. Sie war nicht leidenschaftlich, aber von geradezu eiserner Gesundheit, wie sie versicherte. Sie war ein großes, kräftiges, blasses Mädchen mit hellblauen, leicht vorstehenden Augen und weißblondem, kurzgeschnittenem Haar. Emil war von schmächtigem

Körperbau und trug farbige Kleider, weshalb ihn seine Bekannten «Papagei» nannten. Seine mageren, nervösen Hände glichen Blättern im Wind. An seinem Kinn klebte ein rotes Bärtchen, das, wie sein unehelicher Sohn, bewies, daß er ein Mann war. Nicht irgendein Mann, davon war er überzeugt, sondern ein Mann mit gutem Geschmack und eigenartigem Charakter. Wenn er durch die Straßen schritt, hielt er stets eine Ledermappe unter dem Arm; es schien, als wolle er mit ihrer Hilfe etwas beweisen oder unterstreichen. Die Mappe enthielt seine Kurzgeschichten und eine vor Jahren begonnene Autobiographie, die der Vollendung harrte. Er war romantisch veranlagt und auf eine eigenwillige, kindliche Art religiös. Einmal, es war einige Tage vor Weihnachten und er saß Tee schlürfend in Lisas Stübchen, sagte er plötzlich, falls er reich wäre, würde er gerne täglich in einer Kutsche mit sechs weißen Pferden ausfahren. Am Freitag müßten die Pferde schwarz sein, und an Ostern gäbe es ein riesengroßes Fest. Er erinnert sich noch heute an Lisas verwirrten Blick, mit dem sie ihn nach dieser Äußerung musterte. Er schloß daraus, daß sie ein ganz unkünstlerisch empfindender Mensch sei. Es war damals halbdunkel und schneite. Die Flocken griffen wie runde, zarte Fingerspitzen an die Scheiben und die Kerzen des Adventskranzes bogen sich der fast unerträglichen Hitze wegen und glichen weißen, knieenden Nonnen. Lisa stand nachher auf dem Balkon neben dem auf das Weihnachtsfest wartenden Tannenbaum und winkte ihm, als er seiner Junggesellenwohnung zuschritt. Ihn dünkte, auch sie warte, wie der Baum, auf das größte Ereignis ihres Lebens, und diese Vorstellung erfüllte ihn mit Rührung, mit ein wenig Ärger, mit Angst, aber auch mit Kraft und Stolz.

Als er aus Lisas Wohnung trat, hatte es aufgehört zu

schneien. Der Frost stemmte die Straße auf seine weiße, spitze Schulter. Während des Gehens umgaukelten ihn sonderbare Träume. Er sah Lisa vor sich, die ihm befahl, auf einen Sockel aus Gips zu steigen, den sie als Schulmädchen gegossen hatte. Sie fiel vor ihm auf die Knie und betete ihn an, doch vorher bat sie ihn, seine Füße nicht nach auswärts zu drehen. Er entgegnete, dies sei eine unschöne Gewohnheit, die er sich als Kind angeeignet habe. Er habe damals versucht, den Gang seines Vaters, der ein gefürchteter Schulmeister war, an einem starken Heuschnupfen litt und von den Kindern «Plattfußindianer» genannt wurde, nachzuahmen. (Emils Mutter hatte ein Glasauge besessen und der Hund Bello war heiser gewesen. Emil hatte sich seiner langweilig blühenden Gesundheit immer ein wenig geschämt.) Eine schwarze, vermummte Gestalt tauchte aus der Dunkelheit auf. Als sie näher trat, sah er, daß es Joseph war, sein Freund, ein mächtiger Bursche, der nicht Zähnchen bemalte, sondern Telefonmasten anstrich. Er hatte mit Emil manchen Samstagabend im Wirtshaus verbracht. Jetzt nickte er ihm zu und gratulierte ihm zu seiner bevorstehenden Heirat, dann meinte er, dem Pfarrer scheine es nichts auszumachen, Emil mit einem Winken der Hand, mit einem Schnalzen der Zunge einem düsteren oder freundlichen Schicksal zuzuführen, denn Emil sei ja in den pfarrherrlichen Augen nur ein Schäfchen.

Emil hatte Joseph, der unverheiratet war, schon seit einigen Wochen nicht mehr aufgesucht und fühlte, daß der Freund ihm das übelnahm, deshalb bat er ihn zu einem Glas Wein in seine Wohnung, vor der sie nun angelangt waren. Die Nacht umstand sie in weißen, wehenden Gewändern. Ein scharfer Wind blies. Joseph schüttelte den Kopf und sagte mißvergnügt, daß ja eine Frau niemals die Gespräche zwischen guten

Freunden ersetzen könne, aber Emil habe nun gewählt, und eine Freundschaft wie die ihre könne jetzt unmöglich weiterbestehen. Ob er sich noch erinnere, wie sie über Gott und die Welt diskutiert hätten. Emil erinnerte sich. Er glaubte an Gott und war davon überzeugt, daß der Schöpfer die Menschen unvollkommen erschaffen hat, damit sie noch an sich arbeiten, sich vervollkommnen, doch ihm schien, er sei als Kind vollkommener gewesen als jetzt. Als Kind hatte er geliebt. Besonders erinnerte er sich seiner Liebe zu einem jüngeren, mageren Bübchen, das beim kleinsten Anlaß in Tränen ausgebrochen war. Jetzt schien sein Herz tot, und daß er Kindern und Tieren, die ihm begegneten, über die Köpfe strich, hatte nichts zu bedeuten als vielleicht Sehnsucht. Er war leicht beeinflußbar, und da er dies wußte, wappnete er sich vor jedem Einfluß mit einer starren Gleichgültigkeit. Dadurch glich er Tieren, die sich totstellen, sobald sie sich bedroht fühlen. Er hielt sich selber für demütig. Gott war für ihn ein Licht in einem dichten Wald, durch den niemand den Weg fand; höchstens daß der Schein des Lichtes in den Augen eines vorüberfliehenden Rehs oder auf den Wellen eines Bächleins zu finden war. Er ging hie und da zur Kirche, meist abends, der Stimmung wegen.

Er verabschiedete sich von seinem Freund, der ihm ein leises Unbehagen einflößte, und stieg allein in seine dunkle, kalte Wohnung hinauf, wo er sich zähneklappernd zu Bett legte. Er dachte an den eigenartigen Umstand, daß er als Kind vor wichtigen Ereignissen stets Fieber gekriegt hatte. Aus diesem Grund war es ihm nie vergönnt gewesen, an einem Schulausflug oder an einer Theatervorstellung teilzunehmen. Er überlegte sich, ob die Begegnung mit Joseph nur ein Spuk oder Wirklichkeit gewesen sei, und konnte lange nicht einschlafen. Schatten wuchsen wie graue Blätter durchs Zimmer. Plötzlich erblickte er am Fußende des Bettes Sonja. Sie trug ein schwarzes Kleid, war größer und schlanker, als er sie in Erinnerung hatte, aber ihr Gesicht war traurig und alt. Sie öffnete einen Kasten, in welchem Lisa auf einem roten Kanapee saß, offensichtlich schwanger, und lachte.

Als er aufwachte, fühlte er sich nicht wohl, erhob sich aber trotzdem, da er es liebte, seinen Willen – einen schwachen Willen, wie er wohl wußte – zu erproben. An Weihnachten, dem Tag, an dem sie ihre Verlobung hatten feiern wollen, konnte er nicht aufstehen. Ein aluminiumfarbener Morgen klebte an den Scheiben. Lisa brachte ihm Früchte, Bücher und einen kleinen Igel aus Holz, ein hübsches Spielzeug, das ihn zu Tränen rührte. Sie schmückte das Krankenzimmer mit Tannästen und Kerzen. Joseph besuchte ihn mit einer Flasche Wein. Er erwähnte ihre Begegnung an jenem Abend mit keinem Wort und Emil getraute sich nicht, ihn danach zu fragen. Als der Freund, dem Lisa zurückhaltend, fast feindselig begegnete, sich verabschiedet hatte, setzte sich Lisa auf den Bettrand. Emil bemühte sich, unbefangen zu scheinen, doch ergriff ihn eine eigenartige Unruhe. Ihn dünkte, sie habe sich verändert; sie schien ihm unheimlich, unberechenbar, und er wäre nicht erstaunt gewesen, wenn sie plötzlich ein Messer gezückt hätte mit der Absicht, ihn zu töten. (Es fiel ihm ein, daß er schon früher unter ähnlichen Vorstellungen gelitten hatte, sich zum Beispiel bedroht gefühlt hatte durch harmlose Passanten. Einmal sah er sich selbst in einem Park auf einer Bank sitzen. Jenes Traumbild hatte nur einige Sekunden gedauert, ihn aber sehr beunruhigt.) Am Abend feierten sie ein stilles Weihnachtsfest, das wehmütig war, als liege nicht ein neugeborenes Kind in der Krippe, die Lisa aufgestellt hatte (billige, im Warenhaus gekaufte Hirten und Könige starrten lächelnd aneinander vorbei), sondern ein sterbensmüder Greis.

Emil gewöhnte sich in den folgenden Tagen, in denen es immerzu schneite, so daß die Automobile und die Straßenbahnen steckenblieben und die Leute sich auf Skiern durch die Stadt bewegten, ein nervöses Hüsteln an, klagte über Kopfschmerzen und Magenkrämpfe, glaubte, an einem Tumor, dann wieder, an Magenkrebs erkrankt zu sein. Lisa mußte ihm sein Lexikon ins Bett bringen, in welchem er stundenlang über die verschiedensten Krankheiten las, worauf er bei sich immer neue Symptome entdeckte. Er schien beleidigt, weil der Arzt versicherte, er leide nur an einer Grippe. Auf der Bettdecke lag stets seine Mappe mit den Erzählungen und der begonnenen Autobiographie; von Zeit zu Zeit entnahm er ihr einige Blätter und las darin. Besonders oft, besonders trübsinnig starrte er auf einige Zeilen, die besagten, daß er ein außergewöhnlich ehrgeiziges Kind gewesen sei, daß er es schon mit drei Jahren nicht ertragen konnte, wenn andere Leute geschickter, klüger, erfolgreicher schienen. Wie seine Eltern ihm erzählen, soll er als kleiner Knabe nach dem Besuch einer Zirkusvorstellung – er war damals zufälligerweise nicht an Fieber erkrankt – versucht haben, auf dem Kopf zu stehen, mit Bällen zu jonglieren, auf den Händen zu gehen, und als ihm diese Kunststücke mißlangen, soll er vor Wut in Tränen ausgebrochen sein.

Er versuchte, sich an Gespräche zu erinnern, die er mit Sonja geführt hatte. Einmal hatte sie ihm erzählt, sie würde am liebsten nie heiraten, aber ein großes Haus mit einem Garten besitzen und jeweils interessante Männer zu sich einladen, welche die Väter ihrer Kinder würden. Diese Kinder, die in ihrer Phantasie das Haus und den Garten bevölkerten, schilderte sie mit lebhaften Worten. Es gäbe schüchterne und verwegene darunter, hübsche und häßliche, spröde und phantasievolle. Sie hatte ihn angelacht und beteuert, das Kind, das sie von ihm besäße, wäre ihr gewiß das liebste. Emil hatte sie geliebt, doch sie hatte über seine Eifersucht, die er nicht verbergen konnte, gelacht. Nach der Geburt des Kindes verschwand sie mit einem Sänger oder Velorennfahrer, genau wußte er es nicht.

Emil genas nicht mehr. Kurz vor Ostern wurden seine Beine lahm. Lisa vermietete ihren Laden und zog als Pflegerin zu dem Kranken, der nun verschiedene Brillen ausprobierte, denn er fürchtete, zu erblinden, und war davon überzeugt, daß eine gute Brille ihn vor diesem furchtbaren Schicksal bewahren könne. Er betete viel, was er früher selten getan hatte, doch glichen seine Gebete, die er laut vor sich hersagte, eher Selbstgesprächen, in welchen er sich rechtfertigte. Lisa hörte oft, wie er den Satz: «Das ist nun eben so, lieber Gott» aussprach, in einem Ton des Bedauerns, fast beschwörend. Seine Nase wurde violett, sein Gesicht eine verschwommene, rote, feuchte Fläche, denn er trank viel von dem billigen Schnaps, den ihm Joseph brachte, der am Abend stundenlang an seinem Bett saß. Sie führten wie früher endlose Diskussionen. Das Fenster stand offen, draußen zwitscherten die Vögel, die unter den Blättern eines großen Kastanienbaums wie unter den Flügeln einer mütterlich sorgenden Henne saßen. Lisa glich immer mehr einer traurigen Tanne, die um ihr Weihnachtsfest betrogen worden ist, doch verrichtete sie ihre Arbeit gewissenhaft, sah zu, wie ihr Vermögen zusammenschrumpfte, wurde vom Pfarrer nach wie vor in der Frühmesse gesehen und ließ sich von den Leuten bemitleiden. Sie spielte nicht mehr auf der Laienbühne und trat als Führerin der Mädchengruppe zurück, doch sah man sie manchmal im Kino, was früher nie der Fall gewesen war. Sie besuchte Liebesfilme, und oft passierte es ihr, daß sie, wenn sie mit geröteten Augen aus dem Kino zurückkehrte, im Korridor oder in der Küche heftig zu schluchzen begann. Sie warf sich aufschreiend über einen Tisch, über einen Stuhl, an eine Wand. Emil reagierte sauer auf diese Ausbrüche seiner Braut, sie reizten ihn manchmal so sehr, daß er, wenn sie mit leidendem Gesichtsausdruck in sein Zimmer trat, sein Lexikon, seine Manuskripte, seine zum Glück defekte Mandoline oder gar die Schnapsflasche nach ihr warf. Wenn sein Zorn sich gelegt hatte, konnte man ihn seufzen hören: «Das ist nun eben so, lieber Gott.»

Ein ganz gewöhnlicher Waschtag

Will ich das Porträt einer jungen Frau malen, von welcher die Geschichte handeln soll, ist es nötig, daß ich zu eigenartigen Farben greife; nicht schreiend sollen sie sein, auch nicht matt, eher leuchtend, aber verschwommen zugleich, was heißen soll: zart. Doch ich bin nicht Malerin. (Fast wäre ich es geworden, doch fanden die vielleicht sarkastischen Lehrer der Kunstgewerbeschule, welchen ich damals meinen Wunsch mit kindlichem Vertrauen mitteilte, mein Charakter – wohlgemerkt, «Charakter», nicht Talent! – eigne sich wenig hiezu. Ich habe über diese Bemerkung, die sie mir schriftlich zukommen ließen, nachgedacht, bin jedoch nicht klüger dabei geworden.) Da sich also mein Charakter nicht dazu eignet, ein Porträt mit Farben darzustellen, ich aber hie und da Lust verspüre, jemand zu porträtieren, habe ich es mir angewöhnt, mit Worten zu malen. Ich kenne nicht sehr viele Worte. Allerdings besitze ich drei Lexika, die ich geschenkt erhielt, und ein Fremdwörterlexikon, ebenfalls ein Geschenk, doch benütze ich diese Dinger zum Schreiben nie; es würde mich geradezu ärgern, Worte zu gebrauchen, die sich nicht in meinem Wortschatz befinden. Doch will ich jetzt nicht weiter von mir reden, sondern von der erwähnten jungen Frau.

Sie heißt Klara und wohnt in einem Häuserblock im Parterre. Sie ist nicht sehr kräftig, besorgt jedoch den Haushalt fleißig und ohne sich zu schonen. Sie hat einen kleinen Sohn, der an jenem Tag, von welchem diese Geschichte handelt, im Laufgitter saß und mit einer Büchse spielte. Klara zeigte ihm, daß sich der Deckel der Büchse abnehmen ließ, doch bereute sie es sofort, denn der bis dahin zufriedene Kleine wurde weinerlich und streckte ihr immer und immer wieder die Büchse entgegen, deren Deckel er nun wohl wegnehmen, aber nicht wieder aufsetzen konnte. Im Nebenzimmer (die Wohnung besitzt zwei Zimmer und einen langen, schmalen, dunklen Korridor) spielte ihr Gatte, der im Theaterorchester angestellt ist, ein neues Lied. Seine Lieder, die stets Liebeslieder sind, heißen nie «An Klara», sondern unbestimmt «An eine Geliebte», was Klara ein wenig bedrückt. Sie war übrigens damals auch sonst trotz der hübschen Stimmung vor den Fenstern nicht gut gelaunt, doch bevor ich den Grund ihrer Nervosität verrate, will ich die eben erwähnte Stimmung schildern, denn dies gehört dazu: blühende Gärten, Frauen, die an den Gartentoren plauderten, eine freundliche Alte, die Heftchen vertrug, ein Mann, der vom Fischen kam, kreischende Kinder und über allem die Sonne, als ob sie der Arzt verordnet hätte, verteilte sie sich sorgsam gleichmäßig, berührte Nasen und Vögel und Lenkstangen von Kinderwagen, welche Mütter, die sehr schön zu sein schienen, lächelnd davonstießen. Klara hatte große Wäsche; draußen flatterten Leintücher, Geschirrtücher, Taschentücher und was es noch alles an Tüchern gibt. Gregor, der kleine Sohn, weinte, und Max, der Gatte, sang aus Leibeskräften. Klara stand am Fenster und starrte mit großen, blauen Augen (sie sind von einem dunklen Blau, als wären sie mit Schatten gefüllt) zu der Wäscheleine. Was sie dort sah, ließ sie erbeben: Zwischen einer Windel und einem Kissenbezug hing mit der größten Selbstverständlichkeit ein mit Noten beschriebenes Papier, ein Lied ihres Mannes, das «An Klara» hieß; es war tropfnaß und bemühte sich, zu trocknen. Dies war in der Tat erstaunlich, beängstigend, ebenso unerklärlich wie der Brief meiner ehemaligen Lehrer der Gewerbeschule. Dazu kam noch, daß es Sommer war; einer jener verträumten Sommerabende, die uns erschauern lassen. Die prallen Bäume schliefen, und ihre Blätter zitterten wie geschlossene Augenlider. Ein Schwarm Vögel warf sich vor ein Auto, dessen Lenkerin stoppte, ausstieg und sich umsah. Als sie Klara am Fenster erblickte, lachte sie und deutete auf das merkwürdige Notenblatt. Hier nun muß ich erwähnen, daß ich jene Autofahrerin war und daß das sich wie ein Wäschestück gebärdende Papier mit dem Lied «An Klara» gar nicht wirklich vorhanden war – dies wäre doch gar zu sonderbar gewesen. Ich hatte es nur hingemalt, um Klaras Wäschetag zu beleben – mit Farben oder mit Worten? Ich entsinne mich nicht mehr.

Klara seufzte erleichtert, als sie vernahm, daß das Notenblatt nicht wirklich existierte und daß somit ihr Waschtag ein ganz gewöhnlicher Waschtag war, dem nichts von einem Traum anhaftete. Sie war eine Frau, die gerne im Kino oder in Romanen Abenteuer oder schrullige Begebenheiten erlebte, doch in ihren vier Wänden durfte die Welt nicht beängstigend sein; alles mußte so sein, daß niemand erschrak, auch der Kanarienvogel nicht.

Eine Reise ans Meer

Ich unternehme eine Reise ans Meer. Auf meine Frage, wohin wir fahren würden, antworten meine Begleiter: «Südfrankreich.» So unglaubwürdig es tönt, wenn jemand heutzutage erklärt, er habe sein Land noch nie verlassen (sogar der nichtsnutzige, nicht mit irdischen Gütern gesegnete Onkel Röbi oder Emil schickt, um seine Verwandten zu ärgern, eine Karte aus Griechenland): Ich war tatsächlich noch nie am Nordpol, in Afrika, in Indien oder «in den Staaten» – und noch nie am Meer. Da ich aber, wie es sich gehört, einen Paß mit einer scheußlichen Foto besitze, unternahm ich hie und da einen Abstecher ins Elsaß oder in die badische Nachbarschaft – weil ich mit besagter Foto die Grenzbeamten necken wollte: «Bin ich's oder bin ich's nicht?» Um mich zu beleidigen, nahmen sie immer an, ich sei's.

Nun rolle ich also im Oxford meines Bekannten gen Süden. Er und sein Begleiter sitzen vorne, ich hinten. Neben mir auf dem Sitz türmen sich Taschen, aus welchen unter anderem Pinsel (zum Festhalten der zu erwartenden Landschaft), Fotoapparate (dito), zwei Flaschenhälse und der Stiel einer Pfanne gucken. Zu oberst thront ein Strohhut, den Joseph und ich abwechselnd tragen werden. (Um Verwechslungen vorzubeugen und lästige Be- und Umschreibungen zu umgehen, nenne ich den Besitzer und Chauffeur des Wagens Hugo, den Mitfahrer Joseph.) Ich gucke zum Fenster hinaus: «60» steht auf einer Tafel, und die ist mit vielen schrägen Linien durchgestrichen. Vertrauensvoll nehme ich an, Hugo wisse, was das bedeute, und er kenne auch die übrigen fremden Zeichen, die wie im Albtraum eines Abc-Schützen überall auftauchen: «Entziffere mich, oder es wird dir schlecht ergehen!»

Wir sind seit einer Stunde unterwegs. Es ist Sonntag früh, halb sechs, dazu Sommer, doch es wird immer dunkler statt heller. Assoziation von Joseph: «Hast du daheim überall das Licht gelöscht?» Jawohl, das hab' ich, auch eine Pille gegen die schreckliche Reisekrankheit geschluckt, die ich von meinen Fahrten ins Elsaß und in die badische Nachbarschaft her noch gut kenne.

Es regnet; die Scheibenwischer ticken. Wir fahren durch einen Wald, und Joseph erkundigt sich, was wir tun würden, wenn plötzlich der Böhlimann auftauchen würde. Wir sind ratlos; zum Glück kommt er nicht. Um uns zu beruhigen, singt Joseph ein englisches Seemannslied – das Wetter ist ja auch so englisch, Wasser sieht man ebenfalls genug; das Ganze ist sehr stimmungsvoll.

Während wir auf der Autobahn dahineilen, preßt die Sonne einen großen, rosagelben, zarten Stern in die Wolken, eine Erinnerung an Wärme und Licht; nach einigen Minuten erlischt der Stern. Jetzt ist der Himmel gleichmäßig grau. Telefonstangen und -drähte, ein schaukelnder Rabe, graue Baumstämme; oben ein wenig Tanne dran. Später: Ein Bussard, der eine Maus frißt, braungefleckte Kühe. Ich beobachte den Kampf der Sonne mit dem Nebel; sie siegt! Die Wiesen leuchten golden. Trotz «Basel blyb suuber» werfe ich Eierschalen zum Fenster hinaus. Draußen ist nirgends Basel. Joseph hat den Strohhut aufgesetzt. Meine Beine und Füße in den schwarzen Wollstrümpfen werden langsam warm.

Genf. Wir passieren die Grenze. Hinter uns ist der Himmel von einem blendenden Weiß – wie verklärte Bettdecken! Unser Wagen freut sich; er hüpft. Die Rhone ist grün wie die Tannen. Kühe im hohen Gras; als ob sie baden würden, schauen nur die Köpfe heraus. Überall an den Mauern und Wänden wird verlangt, die «Yankees» sollen Vietnam verlassen, oder Wegweiser verkünden: «Antiquités». Die französischen Städtchen sind wie in den französischen Filmen, nur scheinen sie ohne spannende Handlung zu sein; sie gleichen Telefonbüchern, nicht Romanen. Überall sieht man Leute mit langen Broten. Ein Mann flickt sein Dach. Mich dünkt, der Sonntag habe hier ein anderes Gesicht als bei uns.

Elf Uhr. Wohin man schaut: Lyon. Unzählige, riesige Wohnblöcke. Beängstigend, wie man Menschen beigt: wie Brennholz, wie etwas, das man lagert, um es später zu brauchen, zu vernichten. Hugo pfeift zweistimmig, aber niemand bewundert ihn. Draußen Industrie. Wir überholen einen Deutschen, der beim Fahren die Zunge herausstreckt wie ein Kind beim Zeichnen; wenn er nach links oder rechts abbiegt, schiebt er sie wahrscheinlich in den linken oder rechten Mundwinkel.

Wir fahren, fahren, fahren. Die Autobahn sieht so aus, wie ich mir als Kind die Milchstraße vorstellte: ein gerades, blitzendes Band zum Himmel – hier zum Meer. Manchmal Benzinwechsel, Ölwechsel für das Auto; Kaffeetrinken für uns. Es gibt nur noch niedere Bäume; Joseph macht mich darauf aufmerksam. Ich sehe schwarze, spitze Zypressen; bis jetzt kannte ich nur gemalte – vorläufig gefallen sie mir besser als die echten. Der Mistral bläst, alles ist in Bewegung, bläht sich im Wind, tanzt. Die Autos mit den angehängten Wohnwagen schleudern. Es ist heiß. Ich habe meine Strümpfe und Schuhe ausgezogen. Reben: endlos. In der Ferne – wie geträumt – erheben sich zwei Berge; ich halte das Weiße für Schnee, Joseph belehrt mich, daß es Kalk ist. Der Himmel glänzt. Keine einzige Wolke.

Halt in Avignon. Joseph zeigt mir den «Palais des Papes» – allerdings nur von außen. Der Palast ist grandios, überwältigend, aber er macht mich traurig. Ich bin froh, daß wir weiterfahren.

In Arles hängt in einem Schaufenster ein gräßlich falscher, plump gemalter van Gogh. Wir verzehren belegte Brote und schreiben Karten wie der anfangs zitierte Onkel Röbi oder Emil. Dann rollen wir weiter. Ich bin müde, doch die Vorstellung, bald das Meer sehen zu dürfen, hält mich wach und gespannt. Reisfelder, Schilf, weiße Flecken – das ist Salz. In der Ferne wie große, aufgespannte Schirme Pinien. Wilde Pferde. Zigeunerinnen. Einige echte Camargue-Häuschen und einige falsche, verkitschte für die Touristen.

Abends um acht Uhr kommen wir in Les-Saintes-Maries-de-la-Mer an. Ich klettere aus dem Auto, und nun sehe ich es: Es ist tiefblau. Große Wellen tragen Sonnensplitterchen gegen das Ufer, doch kurz vor ihrem Ziel bersten sie und zerfallen schäumend; die Sonnenfunken haben sie vielleicht getötet. Einigen Wellen aber muß es doch gelungen sein, ihre kostbare Last auf den Sand zu legen, denn er funkelt, als ob er von winzigen Edelsteinen durchsetzt wäre. Der Sand ist wie warmer Zimt, wenn ich meinen nackten Fuß hineinbohre.

Würden plötzlich all die sonderbaren Lebewesen, die in der Tiefe ihr fremdartiges Leben führen, an die Oberfläche steigen, die Wellen teilen, ihren Rhythmus stören, wäre das Meer geisteskrank. So aber ist es gesund: Nur der Wind, der Himmel und die Sonne oder der Mond verändern es.

Ein robustes, dümmlich aussehendes Ehepaar – er in Tigerfell-Imitationshöschen, sie im Bikini – zerren einen großen schwarzen Hund ins Wasser; er soll schwimmen. Immer wieder reißen sie das erstaunte Tier ins Meer und drücken es in die Wellen, doch es begreift nie, was sie wollen, betrachtet nur verständnislos das weite Wasser, trottet ans Ufer und schüttelt sich. Es ist mir sympathischer als seine Besitzer.

Wie weiße Tränen fallen Möwen vom Himmel, die Raben des Südens; ihr verzweifeltes Schreien entsetzt mich. Dann sehe ich zwei Zigeunerbuben; in der berühmt pfeilgeraden Haltung ihres Volkes, den Kopf stolz gereckt, schreiten sie am Ufer entlang. (Ich frage mich, ob unsere schlechte Haltung, unser gebückt gedrücktes Dahinschleichen von der Schulbank, vom Sitzen hinter Pulten, hinter Steuerrädern, in Kinosesseln herrührt? Wie ich später feststellte, besuchen die beiden keine Schule; ihr Vater besitzt kein Auto; sie kennen kein Kino und werden nie in einem Büro sitzen. Sie fischen, verkaufen allerlei und singen dazu.) Der ältere Knabe trägt in einem Gefäß drei Fische; ihre Bäuche haben die gleichen Farben wie das dunkle Meer: lila und ein silbernes Türkis.

Während ich mich ganz dem Betrachten des Meeres hingebe, ist Joseph längst ins Wasser gesprungen, hinausgeschwommen und zähneklappernd zurückgekehrt; sein Haar sträubt sich im Mistral wie nasses Gefieder. Lachend knipst Hugo Josephs Füße, die zwei fremdartigen, mit Sand bedeckten Tieren gleichen. Joseph bückt sich und gräbt einige kleine Krabben aus dem Sand; sie sehen aus wie von Kindern gezeichnete Ungeheuerchen. Dann brechen wir auf, um eine Unterkunft für die Nacht zu suchen.

Ein Hahn namens Eugen

Es war einmal ein Hahn namens Eugen, welcher seinen Kamm für eine Krone hielt und sich König nannte. Die Hühner und die anderen Hähne lachten über ihn und weigerten sich, ihn zu ehren und ihm zu dienen, was ihn sehr erbitterte.

Er lernte die menschliche Sprache, und als er sie beherrschte, begab er sich auf die Straße und rief: «Ich bin ein König!» Die Menschen erschraken sehr, da sie noch nie einen sprechenden Hahn gesehen, und sagten: «Nicht nur unser König bist du, sondern unser Gott», was dem Hahn ungemein schmeichelte, den richtigen Gott aber erzürnte.

Eugen hatte es gut bei den Menschen; sie ehrten ihn und gaben ihm viel zu fressen. Da er aber kein Gott war, sondern nur ein Hahn, begehrte er gar heftig ein Huhn namens Thymian und wurde Vater. Die Menschen waren erst etwas betroffen, doch sie faßten sich schnell und sprachen zueinander: «Er ist ein wunderbarer Gott, er fühlt sich nicht zu erhaben, um ein niedriges Huhn zu lieben.»

Als des Hahnes Todesstunde nahte, war er sehr erstaunt und flüsterte: «Ich bin doch ein Gott? Muß Gott denn sterben?» Auch die Menschen waren verblüfft, ihn so blaß und kränklich zu sehen, doch sie faßten sich wiederum sehr schnell und sprachen zueinander: «Er ist ein wunderbarer Gott, er fühlt sich nicht zu erhaben, um den Tod zu erleiden wie wir.»

Da aber geriet der richtige Gott in großen Zorn und er verbot dem Tod, Eugen heimzusuchen. Dieser lebt heute noch, begibt sich manchmal auf die Straße und spricht: «Ich bin euer Gott», doch die Menschen haben nur noch selten Interesse an ihm. Er ist ihnen verleidet. Man munkelt aber, die Hühner und die andern Hähne würden manchmal tuscheln, er sei vielleicht doch Gott, denn sie hätten noch nie einen Hahn gesehen, der ewig lebe. Letzthin, als er über den Rathausplatz hinkte, brachen sie in Hurra-Rufe aus.

Die Wolken

Der Mond trank mit seinem schmalen, goldenen Schnabel von den Wolken weg, doch es kamen immer wieder neue und setzten sich auf die Bäume. Niklaus schenkte ihnen zuerst kaum Beachtung, doch als sie wie lahme Flügel überall hingen, wie schwarze Pilze überall klebten, trat er ans Fenster und blickte mit gefurchter Stirn hinaus. Er liebte den stets blau leuchtenden Himmel, und dieser Wolkenüberfall entsetzte ihn so, als ob ein Freund plötzlich Feuer husten würde. Es war erst mittags vier Uhr, aber die Häuser des Dorfes verschwanden, als wäre es Nacht. Der Wind pfiff, die Bäume pinselten ein verborgenes Bild.

Niklaus liebte Blätter und Blüten, Tautröpfchen, Winde und Wasser, Vögel und Muscheln, Jungfrauen und Sterne. Er war klein, schwarzäugig und hochmütig wie ein Teufel und trug Hemden mit erstaunlich großer Kragenweite, die seine Mutter ihm gekauft hatte, die sich ihren Sohn groß und mächtig vorstellte. Früher war er Tanzlehrer gewesen, nun sammelte er Frösche und las Gedichte, die er sofort auswendig konnte. Sein Gedächtnis war so gut, daß für ihn das Denken überflüssig wurde, deshalb lebte er glücklich und zufrieden, solange die glotzäugige, gefräßige Welt ihn nicht belästigte, solange er gut aß und trank und solange das glänzende Haar der Sonne über die Hügel, Wiesen und Dächer floß. Er liebte die Menschen nicht, oder genauer gesagt: Als Jüngling hatte er sich leidenschaftlich für sie interessiert, um sie gelitten, doch das hatten sie gar nicht gewollt, sondern sich mit Befremden und Unwillen von dem unbequemen «Pharisäer»,

«Apostel», «Propheten», wie sie ihn nannten, abgewandt. Sie lachten über ihn, als wäre er ein Clown.

Die Wolken drückten die Fensterscheiben ein und gelangten ins Haus, wo Niklaus sie erwartete. Er fragte: «Was wollt ihr von mir? Ich liebe das Gute, Reine und Schöne.» Die Wolken antworteten nicht, sondern scharten sich eilig um ihn, drückten und würgten ihn, zerflossen und ballten sich wieder zusammen, als wären sie Gespenster, oder als wären sie bösartige Weiber. Niklaus erinnerte sich an den Schnabel des Mondes, der Wolken schlürfte, und er tat es ihm nach: Er trank und trank, bis er umfiel. Sterbend sah er Regenbogen. Er verwandelte sich schnell in ein Segelschiff und fuhr unter ihnen hinweg, bis zum Meer und noch viel weiter, dorthin, wo die Sonne ihr strahlendes Haar spielerisch zu Zöpfen flicht und dazu singt, während der Wind mit ihrem weiten Kleid spielt. Große, rote Vögel hüpfen umher, und Bären kollern im taufrischen Gras.

Georg

Georg bückte sich, wobei sich seine nackten Zehen krümmten, als ob sie den Teppich an sich reißen wollten, und entnahm dem Nachttischchen ein Stück Marzipan, das er auf seine hängende Unterlippe legte und einzog. Von der Anstrengung des Bückens begann sein Herz wie zwei Kinderfüßchen mit harten Schritten zu hüpfen. Er lauschte keuchend, den Blick dem Fensterkreuz zugewandt, an welchem ein Baum mit spitzen Zungen leckte. Auf der gegenüberliegenden Hausmauer lag ein wenig Licht, dahinter stand der schwarze Himmel.

Georg galt als nüchterner und trockener Mensch («... nicht ohne Charme», sagten seine Nichten), dessen einzigen Traum die ganze Verwandtschaft kannte und sich lächelnd erzählte: «Onkel Georg stieß im Bett mit dem Knie gegen Tante Rosalie, da er träumte, er spiele Fußball.» Georg trieb aber eines Beinleidens wegen keinen Sport – seit einem Autounfall hinkte er leicht –, doch wäre er gerne Radrennfahrer geworden. Die Familie hatte seine Liebe zu kräftigen Radfahrerbeinen kaum begriffen; sie verstand nicht, daß er schmutzige, behaarte und schweißnasse Muskeln dem lieblichen Lächeln der Cousine Rosalie vorzog. Wenn er jeweils – er war damals noch ledig – vom mitternächtlichen Silvesterrennen, dem er als Zuschauer beigewohnt hatte, nach Hause zurückkehrte, wo die Familie, ein Neujahrslied singend, um Rosalie und um eine Flasche Champagner gruppiert, ihm ihr vorwurfsvolles Gesicht zuwandte (er empfand die vielen Gesichter als *ein* Gesicht, er nannte es bei sich «das Familiengesicht»; es war blaß wie ein gehäuteter Fisch, von rötlichem Haar umrahmt, irgendwie böse und hilflos), lachte Onkel Georg, winkte und hopste auf seinem gesunden Bein. Seine Zähne aber schmerzten, als säße in ihnen ein wütender Wurm: der Wunsch, zu beißen, die Cousine Rosalie, ihre Schwester Agnes und das gesamte Familiengesicht zu zerfleischen.

Während sich Georg auf dem Bett ausstreckte und die Augen schloß (die Zehen ragten über den Bettrand hinaus), stiegen eigenartige Empfindungen in ihm auf. Sie glichen dem Gefühl, das einen an einem heißen Sommertag beschleichen kann, wenn man Ferien, kein Geld zum Verreisen und nichts Angenehmes zu tun hat, hungrig oder durstig ist, ohne zu wissen, welches von beiden, und ohne besondere Gelüste unruhig und verdrießlich auf dem Balkon steht, ins dämmrige Zimmer wandert, in die Küche schleicht, unschlüssig eine Banane, einen Kohlkopf, einen Krug Milch anstarrt, wieder auf die Terrasse tritt und plötzlich von einer sanften, angenehmen Rührung ergriffen wird, weil man Zeuge eines immer wiederkehrenden Vorfalles wird: Einige Tauben flattern vor ein Auto, dessen Lenker stoppt, Signale von sich gibt und behutsam, dann aber mit gesteigertem Tempo weiterfährt. Die Straße beschreibt eine Kurve, und der Fahrer wäre auch ohne die aufdringlichen Tiere gezwungen gewesen, seine Schnelligkeit zu vermindern. Daß es schien, er habe es allein der bedrohten Vögel wegen getan, läßt einen zartbesaiteten Menschen wie Onkel Georg in Tränen ausbrechen. Nur die Erinnerung an eine ähnliche Episode bewirkte, daß sein Herz wie eine heiße Kartoffel dampfend auseinanderfiel.

Vielleicht war das Herz schuld, daß Georg schließlich die verliebte Rosalie geheiratet hatte, obwohl ihn ihr Kinn zu fleischig dünkte – er nannte sie bei sich «Zweipfundkinn».

Sie hatte ihm immer wieder mit einer Mischung aus Stolz und Eifersucht erklärt, er wirke anziehend auf Frauen. Da er es nicht glauben wollte (im Spiegel dünkte ihn, er sei häßlich), wagte er einen Versuch: Er umwarb mehrere Frauen gleichzeitig und eroberte sie sozusagen im Flug, was ihn sehr enttäuschte, besonders, da einige verheiratet waren und er für Frauen strenge Moralgesetze aufgestellt hatte. Daß sie seine schlaksige Gestalt und seine blauen Augen anbeteten, schmeichelte ihm, ohne daß er aber diesem Gefühl zuviel Raum gewährte. Alle schienen Rosalies Körper entnommen zu sein; ihre Formen, aufgeschwollen oder zusammengeschrumpft, erfüllten Georg schließlich mit Ekel. Er redete mit niemandem von seinen Erlebnissen (vielleicht hätte er Angst gehabt, sich bemitleiden zu müssen, falls er spräche), hie und da aber flüsterte er wie ein gefangener Vogel vor sich hin. Da er Schach spielte und als Jüngling Finnland bereist hatte, gab es genug Gesprächsstoff, um Verwandte und Bekannte von seinem Kummer, seinem großen Erschrecken abzulenken. Immer wieder fragte er sich, ob seine mollige Rosalie mit dem braven Gesichtchen auch dem erstbesten Verführer erliegen würde – irgendeinem «hergelaufenen Vertreter mit Plattfüßen und rotem Haar ...» (So sprach er, sich selbst karikierend.) Er glich einem Kind, das mit einer verschlossenen Schachtel spielte und zufrieden war; nachdem man ihm aber gezeigt hat, daß sich der Deckel abnehmen läßt, weint es, da es ihn nicht wieder aufsetzen kann. – Als Rosalie an einer Blutvergiftung starb, versteckte er sich völlig in seiner Trauer, versank darin wie ein Gesicht in der Nacht, wie ein alter, kranker Körper in Lumpen.

Das Fenster raffte ein Stück des Draußen zusammen – eine halboffene, hin- und herpendelnde Tür, ein Blechdach –

und braune Vorhänge verdunkelten das Zimmer, in welchem Georg auf dem Bett lag. Es war einer jener windigen Herbstabende, die er liebte; er zeichnete dann russische Kirchen – goldgelbe Zwiebeltürme, eigenartige, bunte Ornamente, viel Schnee, den er mit weißer Kreide auf dunkelgraues Papier malte, und Watteflocken, welche er aufklebte und die den tiefen, erbarmungslosen Winter zeigen sollten. Nur Rosalie hatte von seinen kleinen Kunstwerken gewußt und sie bewundert.

Seit er sich krank fühlte und traurig war, mochte er nichts tun; seine Hände standen vom Körper ab wie leise zitternde Propeller, und er fror trotz der Wärme des elektrischen Ofens, die den Gaumen austrocknete. Die Nacht schlich ins Zimmer und umarmte wie ein Ungeheuer den hohen Kleiderkasten und den Glasschrank mit dem funkelnden Teeservice, das Rosalie nie gebraucht hatte, da es ihr zu kostbar schien.

Der Flügel

Im sich schließenden Kelch des Himmels schimmert wie ein Wassertropfen der Mond; das Lied einer Amsel schlingt Girlanden aus Duft um die Stadt. Dunkel kauern Bäume in den Gärten, der Lärm einiger Autos und Motorräder fällt vorbei und löst sich auf in der Finsternis am Ende der Straße.

Werner, ein rundlicher Mann mit einem Faultiergesicht, sitzt auf dem Bett in der Ecke – knapp einen Meter vom glänzenden Flügel entfernt – und erinnert sich: Im Saal der Musikschule, wo es nach Bodenwichse riecht und die Luft abgestanden ist wie im Theatersaal eines Mädcheninternats (die Schülerinnen sprechen dort, zwischen den Stuhlreihen am Boden kniend, ihre Abendgebete), gab Esther ihr Diplomkonzert. Werners Herz formte sich zu einem spitzen, harten Kern und der Magen schien wie ein Fetzen Tuch in einer schlecht geschlossenen Schublade eingeklemmt; er hatte Angst um sie, fürchtete, sie könne versagen, obwohl er sie nicht kannte, aber sie schien so zart. Sie hatte krauses Haar und Augen von einem erschreckenden Gasflammenblau, wie er es noch nie gesehen hatte. Während der Pause, als alle Leute hinausströmten, blieb Werner im Saal sitzen; eine Hummel irrte im Zickzack durch den hohen Raum; ihr Schatten huschte als grauer Fleck vorbei, ihr eintöniges Surren ging in unregelmäßigen Abständen in ein ersticktes Zischen über, wenn sie gegen eine Wand stieß.

Werner besucht Konzerte, weil er Musikkritiken für eine mittelgroße Zeitung schreibt. Stets bangt er um die Musiker; er bewundert ihren Fleiß, ihre Hingabe und ihren Mut und ist froh, daß sie nicht in Ohnmacht fallen. Der Applaus des Publikums entzückt ihn, und wenn Blumen überreicht werden, weint er beinah. Er lobt die Interpreten in schwülstiger Sprache, beschreibt die mutmaßlichen Empfindungen des Publikums während des Konzerts und berichtet Anekdoten über die Komponisten, die er aus seinen in Buchantiquariaten erstandenen Musikerbiographien abschreibt. Er möchte seine Leser unterhalten, an den Strängen ihrer Gefühle ziehen und in ihren Herzen frommes Sonntagsgeläute erklingen lassen.

Am Tag nach jenem Konzert sandte er Esther eine Kopie seiner Besprechung und kaufte für sie den Flügel; er ließ ihn in den einzigen Raum seiner Sozialwohnung stellen, in der er seit vielen Jahren haust, und zahlt ihn in Raten. Der Flügel wohnt im Zimmer wie ein düsteres Tier in einem zu engen Käfig. Werner benützt ihn, da er seinen Tisch aus Platzmangel verkaufen mußte, als Eßtisch, Toilettentisch und Arbeitstisch und telefoniert mit Esther in regelmäßigen Abständen; sie antwortet ausweichend mit einer netten Kinderstimme. An einsamen Abenden stellt er sich vor, wie sie ihre kleinen, hellen Hände über der Klaviatur auf und ab würfe; flink paddelte sie durch den Strom der Melodien, so daß es im Zimmer strudelte und plätscherte und Werner, auf dem Bett sitzend wie Noah in der Arche, die Füße anzöge und über seine Rettung lächelte.

Nun ist Esther tot, ohne Werner kennengelernt, ohne am Flügel gespielt zu haben, der sich in ihren Sarg und in ihr Denkmal verwandelt hat. Heute Morgen hat Werner die Todesanzeige in der Zeitung gelesen, während er, am geschlossenen Instrument sitzend, seinen Kaffee trank; ein Unfall hat die junge Pianistin ihren trauernden Angehörigen entrissen. Werner, der über ihr Spiel eine Rezension wie ein Gedicht verfaßt hatte – so blumentraurig, so zärtlich und bewegend – hat man mit keiner Zeile erwähnt; er gehört nicht in den schwarzen Rahmen, in dem die gottergebene Familie sich in der Zeitung ausgestellt hat, grollend, weil sie von der Tochter, Nichte und Enkelin verlassen worden ist. Aber auch Werner ist von Esther im Stich gelassen worden; sie ist davongegangen in eine unüberprüfbare Welt, hat rücksichtslos Kunde gegeben von einer Bedürfnislosigkeit, die Werner zutiefst beleidigt.

Die Nacht hängt ein schwarzes Tuch hinters Fenster, so daß kein Laut mehr hereintritt. Werner streckt sich auf dem Bett aus. Er weiß nun, wie Esther gestorben ist: Es waren Zündschnüre gelegt. Plötzlich stand Esther in Flammen! Sofort versprühte der Himmel seinen Saft, der hart auf Dächer, auf aufgespannte Schirme und in den Fluß sprang, ohne das wilde Feuer löschen zu können, von dem Esther beleckt und aufgefressen wurde, bis nichts mehr von ihr übrigblieb.

Aufbruch mit drei Plüschaffen

Über Nacht ist die Welt reif geworden; ein zarter, weißer Schimmel ist auf ihr gewachsen – Frühlingsschnee. Auf den Dächern gibt's keine Spuren von Füßen und Rädern; dort oben ist die Welt jenseits der Angst. Hier unten zählen Menschen ihre Schritte, passen Stimmen sich den Stimmen an; es gibt aber Menschen, die sich nicht an das Hiersein gewöhnen können.

Im Innern der Häuser sind die Paradiese und Höllen der Menschen aufgebaut, mit Lampenlicht beleuchtet und vor Neugierde abgeschirmt. Auf der Lampe im Wohnzimmer von Tante Martha schaukeln drei Plüschaffen, die Daniel von seiner Mutter geschenkt erhalten hat; hier wohnt auch Onkel Benno. Onkel Benno ist Gitarrenlehrer; seine Vogelbeine stecken stets in weißen, mit Benzinseife gewaschenen Hosen. Der achtjährige Daniel sagt zu ihm beispielsweise: «Du bist eine schief hängende Hausnummer» und wartet dann ab. Onkel Benno lächelt und säuselt: «Du träumst.»

Daniels Mutter hat vor einigen Jahren Selbstmord verübt; sie sprang mit dem Fotoalbum unter dem Arm aus einem Fenster, was ein peinlicher Tod ist, den man Daniel verheimlicht, doch er weiß alle Einzelheiten, als ob er ihn inszeniert hätte. Die Türpfosten von Onkel Bennos Haus sind rosa gestrichen; oben steht «guitar shop», und im Schaufenster warten die Instrumente in Reih und Glied auf Käufer.

Daniel kommt aus der Schule; die getönten Brillengläser werfen einen gelben Schatten auf seine Wangen. Die Bläue des Himmels ist zwischen die Häuser gesunken, und von den Dächern tropft Wasser. Fremd sind die Leute, die sich auf der Straße bewegen, und fremd ist Daniel; wenn ihn Tante Martha einläßt, büßt er ein wenig von seinem Fremdsein ein. Sie öffnet sonst niemandem ihre Tür; sie hat nichts zu geben und erwartet nichts.

Heute geht Daniel an den rosa Türpfosten vorbei und weiter die Straße entlang; seine Augen sind plötzlich mit grellem Sonnenlicht gefüllt. Er hat den Eindruck, sein Gesicht habe sich in diesem beißenden Licht verunstaltet; er bedeckt es mit den Händen, um die Leute nicht zu erschrecken. Alles ist in Auflösung begriffen. Er denkt, daß Tante Martha im Bett liege und über den Föhn klage, der ihr Herz zusammenpreßt, während Onkel Benno mit seinen Schülern ein Frühlingslied übt. Daniel will fortgehen, um auf einem Dach zu leben; auf dem höchsten Dach der Stadt. Als seine Mutter tot war, hatte er den Eindruck, jemand habe ihn losgeschnitten, wie man die Fäden einer Marionette durchschneidet, so daß sie leblos zu Boden fällt. Er wurde liegengelassen. Nun trägt er die drei Plüschaffen in seiner Schulmappe mit sich; er wird für sie ein Reich gründen; er wird ihr Herrscher und der Herrscher der Vögel sein, die mit den Wolken über sein Dach fliegen und grüßen.

Tante Martha kommt ihm entgegen; sie geht schief, weil sie eine schwere Einkaufstasche trägt, und wirkt wie ein drohender Schatten im Gegenlicht. Daniel versucht, seinen Unterkiefer nach hinten zu drücken, um ihr nicht zu gleichen; es ärgert ihn auch, daß er wie sie einen kleinen Buckel hat, und er bemüht sich um eine aufrechte Haltung. «Wo gehst du hin?» fragt Tante Martha; ihre haferfarbenen Augen blicken durch ihn hindurch. Daniel läßt die Schultern nach vorn fallen und gibt seinem Unterkiefer die alte Form. «Du hast die

Affen von der Lampe genommen», sagt Tante Martha, «in der Schule spielt man nicht mit Affen.» «Du bist ein ausgetrocknetes Tintenfaß», antwortet Daniel und wartet ab, doch Tante Martha lächelt und säuselt nicht, sondern setzt ihren Weg mit kaltem Gesicht fort; er folgt ihr.

Leo

Jeden Schritt, jede Bewegung schien der kleine Leo zu kosten. Wenn er irgendwo saß, das Kinn auf die Hand gestützt, die Zehen betrachtend, die er spielerisch bewegte, die braunen Augen mit dem verschwommenen Blick halbgeschlossen, scharf durch die schmale Nase atmend, dann schien er nicht nur das Atmen, das Spiel der Zehen, das Ruhen des Kinns auf der Hand zu genießen, sondern er schien sich gleichzeitig erfreut seine braunroten Locken vorzustellen, seine kleinen Ohren, die oben spitz zuliefen, seine hübschen Hüften, die blassen, herzförmigen Lippen, die er mit der Zunge streichelte. Diese Trägheit und das verträumte Wesen gefielen seinem Onkel, erregten jedoch den Zorn seiner Tante. «Es soll einmal ein Mann aus ihm werden, vergiß es nicht, Paul!» schrie sie jeweils, doch Onkel Paul betrachtete seinen Pflegesohn als eine teils freundliche, teils bizarr schimmernde Pflanze, die sich hegen und pflegen ließ und von der fremden Welt träumte, von wo ihr Same aus Versehen auf die Erde gefallen war und nun staunend sich verwandelte, staunend das Dasein genoß und staunend verwelkte.

Tante Elise hätte man sich gut mit einem roten, flatternden Kopftuch auf einem Traktor sitzend vorstellen können, in einem kommunistischen Propagandafilm beispielsweise, entschlossen eine Fahne schwenkend, während Onkel Paul, der vierblättrige Kleeblätter sammelte, Kaugummi kaute und deshalb immer nach Pfefferminz roch, eher einem Landpfarrer oder Landarzt glich; man umfing seine Gestalt mit einem einzigen Blick, nahm sie sozusagen mit einem Schluck wie einen guten, herben Wein, während Tante Elise mit den harten Augen, der geröteten Nase, den breiten abfallenden Schultern mit einer zähen, schwer verdaulichen Wurst Ähnlichkeit hatte, die sich nicht gut häuten läßt, die beim Kochen aufspringt oder pappig wird, kurzum: die einen vor Probleme stellt. Das einzige, was an Onkel Paul befremdete, war seine Angewohnheit, die Hände immer zur Faust geschlossen zu halten, wobei er die Daumen zwischen Zeige- und Mittelfinger gefangenhielt, als wären sie die Verkörperung des Bösen.

Onkel Paul war der Sohn eines Kleinbauern, hatte mit Stipendien studiert und durfte sich Herr Doktor nennen, obwohl er orthographische Fehler machte. Seine Arbeit, Zähne flicken, tat er genau, die Patienten liebten ihn, denn er war stets heiter, wenn auch schweigsam. Er besaß eine moderne Praxis in der Stadt und bewohnte ein Haus in der Vorstadt, dessen vorderes Gesicht auf eine Fabrikstraße blickte (einige staubbedeckte Bäume waren zu sehen, rumpelnde Lastwagen, im Hintergrund ein Heer von rauchenden Schornsteinen), dessen hinteres Gesicht aber den Strom betrachtete, auf welchem sich am Sonntag rotweißbeflaggte Ruder- und Motorboote tummelten. Am Samstagabend, wenn die Glocken den Sonntag einläuteten, konnte man Onkel Paul mit andächtigem Gesicht auf der Terrasse stehen sehen, wie er mit schillernden Äuglein über das Wasser blickte.

Hätte man aus der Innenausstattung des Hauses auf den Charakter seiner Bewohner schließen wollen, wäre man in Verlegenheit geraten, als müsse man aufgrund eines Bauchinhalts die Eigenschaften des Trägers dieses Bauches enträtseln. («Bauch ist Bauch» war übrigens der Lieblingsausspruch Onkel Pauls, dessen er sich immer bediente, wenn man ihn in irgendeiner Angelegenheit um seine Meinung fragte. Er schien damit vielleicht auf eine etwas rätselhafte Art sagen zu wollen, alles sei relativ, alles sei im Grunde gleichermaßen wertvoll oder wertlos, so und so zu betrachten, habe seine Vorder- und seine Kehrseite, sei positiv und zugleich negativ, aus diesem Grunde anzustreben und aus jenem Grunde zu verachten.) Onkel Paul besaß einen Fernsehapparat, schöne, alte Bauernmöbel nebst Stühlen, die Abortschüsseln glichen, eine im Warenhaus gekaufte abstrakte Frau, die Ähnlichkeit mit einem Eselsohr hatte, eine rosafarbene Badewanne und eine beachtliche Bibliothek, denn er war eine Leseratte.

An einem Samstag im Frühling trugen fremde Menschen den kleinen Leo ins Haus, weil er von einem der großen Lastwagen überfahren worden war; die Fenster standen offen und breiteten ihre Flügel weit aus, als wollten sie davonfliegen. Während Tante Elise dem Arzt telefonierte, kniete Onkel Paul am Bett des Knaben, der mit einem scharfen Wenden seines Kopfes hierhin und dorthin blickte und mit einer eigentümlich kalten, heiseren Stimme unverständliche Worte sprach. Blut floß schräg über sein Gesicht, das der Onkel mit einem Taschentuch immer wieder zitternd abwischte.

Ein Traum, der so groß war, daß er das ganze Zimmer ausfüllte, die Wände sprengte und überallhin floß wie ein farbiger Brei, der wunderliche Formen annimmt, zeigte dem Knaben die Daumen seines Onkels, die aus den Händen krochen, sich vermehrten, wie Zeppeline durchs Zimmer flogen, gegeneinander stießen, schreiend, mit offenen Mündern um die Lampe wirbelten. Die Menschen und Gegenstände erstarrten, die Nacht wuchs aus den Dächern und warf ihren Schatten ins Zimmer. Mahlzeiten, die Leo geliebt hatte, erstanden vor seinen Augen, doch waren sie sonderbar verzerrt, als ob man sagen würde: «Ich bud», statt «ich badete»; nicht aus Unwissenheit, sondern aus einem unerklärlichen Übermut oder Überschwang, der der Sache gar nicht angemessen war. Eine Bratwurst mit Zwiebeln roch nach Vanille, einer Torte entstieg Knoblauchgeruch, eine Forelle war zäh und klebrig wie Nougat.

Je länger Onkel Paul das Kind anblickte, desto fremder kam es ihm vor; manchmal wurde es plastisch, wie es vorher nie gewesen war (es hatte eigentlich immer unräumlich, verwischt wie auf einer schlechten Fotografie gewirkt), sein längliches Gesicht war wie von einem Heiligenschein umgeben, die Augen wurden überdeutlich, ragten wie Stecknadeln hervor und begannen zu leuchten, hinter seinem Gesichtchen schien sich Unbekanntes zu verbergen, und seinen blutenden, gekrümmten Körper schien es zu ignorieren; es lebte hinter ihm wie der Wahnsinnige hinter den Mauern seiner Zelle, die er nicht wahrnimmt, und wenn er mit dem Kopf an sie stößt, kann man sein wütendes, schmerzliches Aufbrüllen hören. (Wenn seine Vernunft hie und da den Ansturm der Traumbilder zurückdrängte und sich umsähe, würden sich auf seinem Gesicht Erschrecken, Staunen, Widerwillen zeigen, hätten die Hiebe der Dämonen es nicht zerstört.) Der Knabe glich einem Engel, der sich in ein Tier verwandelt, in eine Ratte beispielsweise, sich aber immerzu schämt und die Füße beschnuppert, um festzustellen, ob sie nicht übel riechen, und den Schwanz einzieht wie ein geschlagener Hund, und wenn er irgendwo Seife frißt oder an einer Türe nagt, träumt er von weißen, zarten Flügelchen, vermeidet es, zu rülpsen, und die sehnsüchtigen Worte: «Wenigstens ein Schmetterling …» drängen sich auf seine Rattenlippen.

Als der Arzt endlich kam, unsanft Tante Elise und den verstörten Lastwagenchauffeur zurückstieß, die ihn mit Fragen und Erklärungen bedrängten, runzelte Leo die Stirn, atmete einige Male kurz und heftig, schloß die Augen und öffnete die weißen trockenen Lippen. Onkel Paul erhob sich, blickte sich erschreckt im Zimmer um, und während er sich gleichzeitig mit dem Arzt über Leo beugte, wußte er, daß das Kind tot war, und es schien ihm, er habe es geliebt, wie man eine Frau liebt, mehr noch als Elise, deren Weinen er wie aus weiter Ferne hörte, mehr als seine Bücher, mehr als sich selbst. Er öffnete seine Hände, und als der Arzt ihm eine Frage stellte, schwieg er, denn seine Stimme, seine Zunge und seine Lippen blieben bewegungslos wie seine Hände, sie wurden zu etwas Fremdem, zu Gegenständen, die er nicht mehr gebrauchen konnte und wollte, da der Knabe nicht mehr da war, zu dem er hätte reden, den er hätte streicheln und küssen können, und der schön war.

Die Nachbarin

Ich weiß alles über meine Nachbarin. Sie bohrt manchmal mit dem Zeigefinger, mit dessen Hilfe sie tagsüber Kohlepapier zwischen gelbes und rosarotes Durchschlagpapier schiebt, in den Nasenlöchern, die dann schwarz bleiben. Sie arbeitet acht Stunden am Tag zwischen vier Betonwänden; oft löst sich der Nagel, an dem der Kalender mit den bunten Landschaftsansichten hängt; der Kalender fällt zu Boden und meine Nachbarin schlägt den Nagel wieder ein und hängt den Kalender vorsichtig auf. Manchmal schließt sie sich in der Toilette ein, um in ihr Gesicht zu spähen; dann drehen sich die Augen, die wie Fische hinter den dicken Brillengläsern schwimmen, auf den Rücken.

Ich beobachte meine Nachbarin nun schon seit 313 Tagen, überwache ihre Gedanken und verfolge ihre Schritte, da ich über sie ein Hörspiel schreiben will. Ich mache mir Notizen. Sie lebt mit ihrer Schildkröte allein, die ich aber nicht ins Spiel einbeziehen möchte; ich könnte allerdings jemandem eine Bemerkung über das grämliche Tier in den Mund legen, ihn zum Beispiel feststellen lassen, der Hals der Nachbarin gleiche dem Hals der Schildkröte. Obwohl meine Nachbarin ihr Haar geranienrot färbt, weiß ich, daß sie bald zu den Alten gehören wird; dann wird sie in eines der schwankenden Boote am Fluß kriechen und sich wegspülen lassen, und mich, da ich bald nicht mehr weiß, ob ich sie bin oder ob sie ich ist, soll man dann nicht suchen.

Das Brillenmuseum

Wie sich doch die psychiatrische Klinik dieser Stadt vergrößert; es wird ständig gebaut. Die Klinik wirbt mit Plakaten: «Kommen Sie zu uns! Werden Sie Patient! 1000 Psychiater erwarten Sie!» Ich wollte einmal über diese Klinik eine Erzählung schreiben. Ich wollte zum Beispiel den Satz: «Die Patientin warf ihrem Arzt einen fetten Traum vor» verwenden. Die Ärzte hätten es aber nicht geschätzt, mit gierigen Tieren verglichen zu werden, mit entthronten Löwen, denen nicht der Löwenanteil zusteht, sondern die froh sein müssen über jeden Happen Traum, den ihnen die Patienten hinwerfen. Wenn die Patienten dies nicht täten, müßten die Psychiater hungern an ihrer Seele und an ihrem Geist. Sie ziehen den Patienten eine Haut nach der andern ab und verzehren diese Häute. Ich wollte über eine Patientin schreiben, die den größten Teil ihrer Häute für sich behält; die Ärzte dürfen an ihren Häuten zwar riechen und lecken, aber nur selten und wenig davon fressen. Oft lassen die Ärzte einen Patienten mit nur noch einer Haut austreten; sie erklären ihn für gesund, doch nach einigen Wochen ist er wieder in der Klinik. In Wirklichkeit können sie niemanden für immer gesund machen; diese Tatsache wollte ich in meinem Text nicht verschweigen. Die Ärzte testen an ihren Patienten Pillen; manche dieser Medikamente bewirken Unruhe, Halbblindsein, Nicht-mehr-schreiben-Können. Die Patienten knüpfen ihren zerrissenen Geduldsfaden immer wieder neu. Wenn der Faden zu kurz geworden ist, wenn er sie nicht mehr zusammenhält, bleiben sie für immer in der Klinik als alt und schal gewordener Fraß, dem kein Psychiater mehr Interesse entgegenbringt.

Die Psychiater sind ganz versessen auf Erlebnisse ihrer Patienten. Ich glaube, als Patient braucht man viel mehr Platz denn als Nicht-Patient, um sich «in seiner Seele zu ergehen», wie man es geschwollen ausdrücken könnte. Ist man wieder «Nicht-Patient», schrumpft die Seelenfläche. Seitdem die Kranken diese neuen Pillen schlucken, bleiben aber das Wachstum der Seelenfläche und die Erlebnisse meist aus; die Seelenfläche sackt ein und die Pillen ersticken die Phantasie.

Psychiater interessieren sich nicht nur für Erlebnisse, sondern auch für Unfälle. Sie sind Polizisten, die in Erscheinung treten, wenn sich ein Unfall ereignet hat: Sie stellen Pannendreiecke auf, markieren, fragen die Zeugen aus, notieren. Mehr können sie nicht tun; es liegt nicht in ihrer Macht, Verletzte zu heilen oder Tote zum Leben zu erwecken.

Man kann so tun, als ob nichts wäre. Die junge Patientin Olga ist trainiert darauf. Aber eines Nachts träumt sie: In ihrem Zimmer im ersten Stock des Elternhauses auf den Holzdielen unter der reichverzierten Barockdecke stehen Kisten voller Hefte und Bücher. Im Kamin liegt bündelweise Papier, in den Ecken stehen Kartotheken, auf dem Tisch türmen sich lose Blätter. Olga sichtet, ordnet, schreibt und telefoniert. Sie hat ein Museum eingerichtet, das nie jemand besucht; es ist ein kleines Museum für Brillengestelle im Erdgeschoß. Sie glaubt an die wichtige Funktion dieser Gestelle und der dazugehörenden Gläser, die Gesichter veredeln, verdummen, verschönern oder verwüsten. Wenn jemand sein brillenloses Dasein gegen ein Dasein mit Brille eintauschen muß, kann diese Person eine ernstzunehmende Identitätskrise erleiden. Frauen lassen sich ungern mit ihren Brillen fotografieren, Sekretärinnen tragen aber oft mit Selbstbewußtsein große Hornbrillen. Was wäre Schubert ohne seine Brille? Es ist Olga gelungen, das Gesicht von Proust mittels einer Brille auf ungeahnte Art zu verändern. Nett sind altertümliche Krankenkassenbrillen; die Gesichter erscheinen durch sie hilflos. Und wieviel verdankt ein guter Schütze seiner Schießbrille.

Auch Sonnenbrillen und Schneebrillen sind nützlich. Man beachte die Erzählung von Edgar Allan Poe: «Die Augengläser»; da verliebt sich ein junger, brillenloser Mann mit schwachen Augen in eine alte Frau, die er für ein junges Mädchen hält. Oder man stelle sich die Frage, ob El Greco nicht ganz anders gemalt hätte, wenn er Brillenträger gewesen wäre. Das Hauptinteresse von Olga gilt aber einer einzigen Brille, die es noch nicht gibt; sie macht unzählige Entwürfe, umrandet die Augen ihres weit entfernten Vaters auf einer großen Fotografie ganz zart, zeichnet für ihn Brillen, die sie immer wieder mit einem weichen Gummi ausradiert. Sie skizziert ovale, runde, eckige, dünn- oder dickrandige Brillen. Sie hofft fest, daß es ihr gelingen wird, das Gesicht des Vaters menschlicher erscheinen zu lassen. Je mehr sie zeichnet, je verzweifelter sie sich müht, desto grauenhafter wird der Ausdruck der väterlichen Augen – ja, des ganzen Gesichts. Die Augen glitzern, starren sie an, blinzeln, als blende sie das Licht der Ständerlampe, unter der die Fotografie liegt.

Nach einem halben Jahr Klinikaufenthalt kehrt Olga nach Hause zurück. Ihr Psychiater hat sich nicht in ihren Vater verwandelt. Kaum zu Hause, beschäftigt sie sich wieder mit dem Thema «Brillen», so daß sie, wenn sie unten über den großen Platz geht, zugleich oben in ihrem Schlafzimmer, dem Arbeitszimmer ihres Traums, am Fenster steht. Sie beobachtet, wie sie sich vor einem Café auf einen der weißen Plastikstühle, Jugendstilimitation, setzt, ein Cola trinkt und raucht. Bei schönem Wetter sitzen vor allem Touristen draußen unter dem Himmel, der die Türme der Kathedrale weit von sich weist. Olga sieht, wie sie mit dem Zigarettenstummel weiße Kreuze in die Asche im dreieckigen Aschenbecher gräbt. Sie ist als Gast dieses Cafés ausgestellt, aber von Zwängen frei, als säße sie auf einer hohen Leiter. Es gibt keine vier Ecken, wo Gottvater hockt. Olga schreibt einen Brief, den sie nicht an ihren Vater senden wird: «Da mir das Schreiben immer leichter fiel als das Reden, will ich mir treu bleiben. Es ist meines Erachtens besser, wir ändern die Rollen nicht, da wir zu ungeübt sind, um miteinander zu reden. Wann haben wir je miteinander geredet?» Um Olga zu charakterisieren, muß ich vielleicht noch erwähnen, daß sie nie die Bücher liest, die man gelesen haben muß, und nie die Filme besucht, über die man noch nach Jahren redet. Sie weiß nicht, welches Gesicht zu welcher Gelegenheit paßt. Sie weiß nicht, daß es in unserer Stadt Menschen gibt, die Verbrechen begehen aus dem unbewußten Wunsch heraus, von der Polizei in Gewahrsam genommen zu werden. Sie weiß aber, daß die Kirchen und die politischen Parteien um Gläubige werben. Vielleicht auch das Militär. Trotzdem ziehen Jugendliche, vaterlose Horden, durch die Straßen der Stadt, zertrümmern Schaufenster, plündern und legen Brände. Kinder, junge Frauen und junge Männer kleben keine Plakate an die Wände, um für sich zu werben. Sie beschriften aber die Mauern der Stadt mit Sätzen wie: «Wir wollen leben! Auch Beton welkt!» Ein Jugendlicher hat an die Wand des Elternhauses von Olga mit einer

Farbspraydose, blutrot, das Wort «Vorsicht!» hingespritzt. An Sonntagen begeben sich Bürger in das Stadtinnere, um die Schäden zu betrachten. Das sind schöne Spaziergänge, die einen Kinobesuch ersetzen.

Der Engel

Arthur war keineswegs gedankenfaul, und er bildete sich weiter, indem er Kurse besuchte, die ihm gewandte Umgangsformen, Kochen, Fotografieren und Stenografie beibrachten. Er bemühte sich, den menschlichen Kontakt zu pflegen, doch wo er sich auch in die unsichtbaren Zelte einschleichen wollte, in welchen er die andern einzeln oder in Gruppen vermutete – stets stand ein Engel davor und verwehrte ihm den Eingang mit der Geste eines Coiffeurs, der es bedauert, keine weitere Kundschaft mehr bedienen zu können.

Arthur versuchte sich Bilder zu machen über einige Frauen und Männer und Kinder, die in seiner Straße wohnten, während andere ihm gleichgültig waren. Die Straße hieß Wölkleinstraße und ihre Häuser waren grau und unterschieden sich nicht voneinander. Auf einem Balkon stand ein Engel aus Gips, der ein niedliches Doppelkinn hatte und schon erwähnt wurde – vielleicht in einem etwas unverständlichen Zusammenhang; dort wohnte ein Bildhauer. In Gedanken stellte Arthur das Buffet der Leute, das er durchs Fenster sah, ihre Art, sich am Kragen zu zupfen, und ihre Wünsche, die den seinen glichen, zusammen, wie ein Kind sich aus einem Blatt, aus Zündhölzern, aus einem Apfelstiel und aus einem Taschentuch ein Haus baut, in welchem nicht nur seine Puppe wohnt, sondern auch es selbst, seine Freundin, ein Zwerglein aus einem Märchen und der Buchstabe R, den es neulich in der Schule lernte. Zu den Kindern hatte er aber keine Beziehung – er konnte sich kaum an seine Kindheit erinnern; wenn man ihn danach gefragt hätte, hätte er geantwortet: «Ich habe gespielt», doch niemand fragte ihn etwas, niemanden gelüstete es, ihn zu schütteln, wie man es mit einem Getränk in einer Flasche tut, bevor man es braucht. Er arbeitete in einem Büro, wo er jeden Morgen «Beginne!» las, ein Wort, das er auf ein Stück Karton gemalt und an die Wand geheftet hatte, und wo er während der Arbeit hie und da eine Bemerkung über ein Fußballspiel fallenließ. Er besaß keine Laster – selbst das Tragen einer Sonnenbrille bereitete ihm Unlust, da er sich durch sie betrogen fühlte; er liebte die Verdunkelung oder Verschleierung der Welt nicht, sondern fürchtete alles, was die Klarheit beeinträchtigte, oder das, was er für Klarheit hielt. Daß Worte mit der Endung «ung» ihn mit Schauern des Wohlbehagens durchrieseln durften, war etwas anderes – er sprach sie mit einer wohlklingenden Stimme aus, die verblüffend laut aus seinem winzigen, lippenlosen Mund strömte: «Sitzung», «Verschiebung», «Ordnung». Einmal war ihm aufgefallen, daß die linke Hälfte seines Gesichts stumpf aussah, gewalttätig, furchterregend, während die rechte Hälfte den Ausdruck eines schlafenden Kindes hatte. Diese Entdeckung beunruhigte ihn flüchtig, wie es jemanden erschreckt, wenn er merkt, daß er das Licht anknipst, um besser hören zu können.

Arthur war Grundbuchbeamter, geschieden, und liebte heimlich ein Mädchen, das ebenfalls in der Wölkleinstraße wohnte, ein Stockwerk höher als der Bildhauer, auf dessen Engel es manchmal hinunterblickte. Es hieß Cäcilia, war Krankenpflegerin und glich einem schönen, kräftigen Vogel, der eine Brille trägt. Arthur stellte sich Cäcilia keusch, klavierspielend und stickend vor. Als er sich bei ihr nach einem kranken Bürokollegen erkundigt hatte, den sie im Spital pflegte, bemerkte er, daß sie stockend und ungenau sprach. Ihre Stimme erinnerte ihn an Nebel, genauer gesagt, an eine Fahne, die an einem nebligen Tag von einem Aussichtsturm weht, doch im Tal sieht sie niemand, und wen gelüstet es, einen dunklen Berg zu erklimmen, wenn unten die Sonne scheint?

Eines Abends, als Arthur am offenen Fenster stand, bemerkte er einen Knaben, der über die Straße tänzelte und einem jüngeren Mädchen befahl, Kieselsteine in die Sandalen zu füllen, worauf er dasselbe tat. Anschließend rannte er mit der Kleinen um die Wette, doch entfernte er vorher heimlich seine Steine und wurde Sieger, während die Verliererin mit schmerzerfülltem Gesichtchen um die Hausecke humpelte. Der Himmel schwamm über die Dächer und zwischen den Ästen und Blättern, hinter den Häusern und in den Augen der Kinder, die keine Farbe zu haben schienen. Der Knabe hatte einen glänzenden schwarzbraunen Haarwirbel, und seine Bewegungen schienen stets sportliche Übungen zu sein. Die weißen Arme des Mädchens wuchsen wie Raupen aus dem roten Kleidchen und erinnerten Arthur an die Arme seiner Frau Martha. Es war ihm bis zu diesem Augenblick nie geglückt, sich seine Frau, mit welcher er drei Jahre verheiratet gewesen war, genau vorzustellen, sie zu sehen, wie man einen Stuhl sieht; man weiß um seine vier Beine, selbst wenn er das vierte verstecken sollte, und man kennt die Beschaffenheit seiner Lehne, auch wenn ein Kleidungsstück darüber hängt. Marthas Augen waren ruhig und ein wenig drückend gewesen wie eine niedere, weißgetünchte Decke, die dunkler ist als der Boden, auf welchem das Lampenlicht liegt. Wenn er sah, daß ein Feuerlein aus ihren Pupillen sprang, oder daß sie den Schritt verlangsamte, ohne ihn wissen zu lassen, weshalb, wurde er wütend und ratlos. Er schrieb in sein Notizbuch: «Sie ist träge, rührselig und eitel», um einen Beweis zu besitzen, daß diese ihre Eigenschaften vorhanden waren, um es immer wieder nachlesen zu können, daß er sie für falsch hielt: Ihr Wille, gut und angenehm zu scheinen, dünkte ihn schlechter als ihr Charakter. Manchmal weinte sie, ohne daß er den Grund für ihre Trauer hätte erraten können, und er war davon überzeugt, daß sie die Menschen roh fand, Felsblöcke, zwischen welchen ihr Weinen wie ein Bächlein, bei dessen Anblick man «entzückend» sagt, hindurchglitt. Er verdächtigte sie eines geheimnisvollen Umgangs mit dem Engel des Bildhauers. Er beobachtete das Lächeln, das sie jener Gipsfigur schenkte, und das Nicken und Flügelschlagen, mit welchem der holde Jüngling sie oft begrüßte, war ihm nicht entgangen. Allerdings hatte diese Angelegenheit bei der Scheidung keine Rolle gespielt, da er sich geschämt hätte, seine Eifersucht auf die Statue eines unbedeutenden Künstlers zu verraten.

Einmal erschien ihm der Engel im Traum, schüttelte die Locken und sprach, Arthur habe richtig vermutet, er sei der Engel, der die Zelte der Menschen bewache, worauf Arthur ihn fragte, ob er auch vor seinem Zelt stehe, doch der Engel erwiderte zungenschnalzend, Arthur besäße kein Zelt, sondern nächtige unter freiem Himmel, auf der nackten Erde, weder von einem Strauch noch von einer Frau liebkost. Er fuhr wörtlich fort: «Du gleichst einem Apfelkern, der auf einer gefrorenen Schneedecke liegt – ein hungriger Vogel wird dich finden.» Da es nach diesen seltsamen Worten genau sechs Uhr früh war und der Wecker schrillte, löste sich der Engel in nichts auf.

Es wurde dunkel. Der Nachmittagshimmel zog sich mit

seiner Sonne wie ein Trompeter mit seinem Instrument zurück. Die Stimmen einiger Kinder, die noch immer draußen spielten, liefen wie das Schreien von Affen und Vögeln zusammen. Die Lampen spannten Lichtbänder über die Wege. Eine Katze strich vorbei, und Arthur fiel ein, daß Martha Tiere geliebt hatte. Sie brachte ein fettes Meerschwein in die Ehe, das sie «Onkel Andreas» nannte, und eine tote Grille in einem kleinen, selbstgezimmerten Sarg, die Glück bringen sollte. Arthur aß gerne Hasenbraten oder Geflügel, doch weiter reichte sein Interesse für Tiere nicht; es hatte ihn geekelt, wenn seine Frau Onkel Andreas' Nase geküßt hatte, und die Stimme besagten Onkels war ihm unangenehm gewesen. Auch den Sarg mit der toten Grille auf dem Nachttisch hatte er nicht geliebt.

Arthur beobachtete Cäcilia, die in ihrer Wohnung ans geöffnete Fenster trat. Er dachte, daß ihr gewiß schwindlig sei, daß sie in einem Nebel lebe, ungeliebt, ihrer selbst überdrüssig, doch jetzt würde sie als Schatten zu ihm durch die Luft schwimmen und unter seiner Liebe aufleuchten. Er zitterte, während er seine Finger wie dünne, schwarze Äste über das Gesims streckte, um Cäcilia aufzufangen. Ihre Brillengläser funkelten, und Arthur beobachtete argwöhnisch das Erröten des Engels, das nicht zu übersehen war. Eine Frau, die himmlische Erscheinungen hatte, ging vorbei. Arthur grüßte sie nie, da sein Verstand sich bei ihrem Anblick wie das Gefieder eines fröstelnden Vogels sträubte, doch nun fühlte er das Bedürfnis, mit ihr zu sprechen, hielt jedoch nach dem ersten Wort inne, als er sah, daß Cäcilia und der Engel durch die Luft schwebten, um eine himmlische Erscheinung vorzutäuschen, doch die Frau ließ sich nicht irreführen, sondern schüttelte den Kopf, verdeckte ihr Gesicht und entfloh. Da Cäcilia wohl zu allerlei gespenstischem Schabernack aufgelegt, jedoch ein an Leib und Seele gesundes Mädchen war, gelüstete es sie nicht, die Nacht schwebend an der Seite eines Gipsengels zu verbringen, weshalb sie den Beschützer der zeltenden Menschen auf den Balkon zurückgeleitete, sich mit einem Kopfnicken von ihm verabschiedete und durchs Fenster in ihre Wohnung kletterte, wo alsbald das Licht erlosch.

Arthur erwog, ob Cäcilia auch zu den Menschen gehöre, die kein Zelt besitzen, doch das eben Geschehene schien ihm das Gegenteil zu bestätigen; ihr vertrauter Umgang mit dem Gipsengel ließ befürchten, daß Arthur umsonst hoffte, sie würde eines Tages seine Liebe erwidern. Es erschien ihm natürlich, daß derjenige, der ein Dach über dem Kopf besitzt, einem armen Vagabunden keine Beachtung schenkt. Glich sie nicht dem Vogel, von dem der Engel prophezeit hatte, er würde Arthur wie einen Apfelkern aufpicken? Traurig wandte er sich vom Fenster ab, schlüpfte im Dunkeln aus seinen Kleidern und ging zu Bett. Der Schlaf schlich herbei und legte sich so sanft neben ihn, wie keine Frau es tut.

Kavalier

Der magere Jochen möchte Isländer sein; er stellt sich vor, daß er dann das Recht hätte, zu schweigen und zu fischen.

Gedanken wie Blattgerippe: Veronika hält sie dem mageren Jochen vor, am Stiel. Sie dreht sie, wirbelt sie. Er weiß, daß sie als Kind viel gelitten hat. Man hat sie im Suppentopf gekocht, man hat sie geschält, man hat sie am Baum vor dem Haus aufgehängt; ein Rabe hat sie aufgefressen, wieder ausgespuckt. Noch immer lebt sie. Aber nein, natürlich wurde sie nicht im Suppentopf gekocht; man hat sie, abwechselnd, mit brühheißem und eiskaltem Wasser übergossen. (Die Vorstellung, daß es ihrer Katze gutgeht, wenn sie durchs Quartier streift, sollte sie glücklich stimmen. Und daß die Katze nachher vor der kalten Zentralheizung sitzt und sie anbetet – vermutlich in der Erinnerung an den Winter, wenn der Heizkörper heiß ist.) Der magere Jochen beneidet Veronika; sie kann die kleine Tippmaschine am Bankschalter an der Grenze, wo die Leute Geld wechseln, flink bedienen. Sie rechnet im Nu, begreift immer, was die Bankkunden wollen. Auch der magere Jochen hat seine Vorzüge: Er erkennt die Busstationen, wenn er gewisse Orte in der Stadt aufsucht – zum Beispiel die am Arbeitsamt, an der Krankenkasse oder an der Volkszahnklinik. Er weiß, welche Gesichter die Häuser an welchen Stationen machen, wenn er auch die Gesichter nicht beschreiben könnte; es sind keine Einzelheiten, die ihm im Gedächtnis haftenbleiben. Die Häuser gruppieren sich immer ein wenig anders, die Bilder wechseln; eigentlich sind es verschwommene Zeichen, die ihm bedeuten:

jetzt bist du da, jetzt bist du – für eine Weile – angekommen.

Veronika und der magere Jochen leben in einem Betonhaus, dem häßlichsten Haus der Straße, im Parterre. Die Geräusche im Mietshaus sind aufdringlich: die Glocke, der Türöffner, die Fernseher, Schritte und Stimmen. Der Autolärm hinter dem Fenster ist laut, unaufhörlich, unhöflich. Der Himmel bildet ganz oben am Fenster einen gezackten, blauen oder grauen Rand; die Zacken entstehen, weil spitze Dachfenster wie winzige Häuser auf den schrägen Dächern stehen. Wer dahinter wohnt, kann man nicht ahnen. Der magere Jochen und Veronika sehen den Himmel, wenn sie sich bücken; sie bücken sich, um zu schauen, ob es regnen wird.

Sie nehmen das Mittagessen in einem dunkeln Restaurant ein, das keinen schlechten Ruf hat. Veronika trinkt zuviel Weißwein, raucht zuviel und spricht nicht wenig, aber im Restaurant schreit sie nicht oder nur selten. Immer am gleichen Tisch sitzen zwei Frauen zwischen vierzig und fünfzig und haben sehr enttäuschte Gesichter. Der magere Jochen nimmt sich am zweiundzwanzigsten April nach dem Mittagessen vor, am Abend seinen Wecker und seine Schlafpillen in einen Papiersack zu legen und mit dem Bus in ein stilles Hotel zu fahren, um dort zu wohnen. Er wird mit seinem Wecker reden; der Wecker heißt *Kavalier* und weckt ganz sanft, mit zupfenden Tönen; wenn man den Wecker nicht abstellt und einfach weiterschläft, beginnt er zu schrillen. Der magere Jochen erwacht immer schon beim ersten, sanften Stupfen; es ist, als ob der Wecker ihn mit den Tönen betupfen würde. Übrigens ist Veronika nicht allein, wenn er sie verläßt; sie hat eine große, eine mächtige Freundin, die ihr jedesmal, wenn sie Veronika erblickt, aus einer kleinen Flasche Parfüm an den Hals spritzt und dann fragt: «Du willst doch?»

Nein, der magere Jochen wird Veronika nicht verlassen, weil er sich ihre Rabenaugen nicht nur vorstellen will – wie sie aussehen, wenn sie lacht oder lächelt oder weint, und ihr Rabenhaar, durch das er mit allen fünf Fingerspitzen der rechten Hand auf die Kopfhaut drückt. Er erschrak einmal, als er sah, daß ihre Kopfhaut weiß ist; er hatte sie sich schwarz vorgestellt.

Ein Fremder

Gaston saß vor der Kommode und starrte in den Spiegel des Spiegelkästchens, das ein Geigenbauer angefertigt hatte. In der linken Hand hielt er eine lange, zündrote Locke, die von der Schläfe herunterhing; mit einer stumpfen, großen Schere klemmte er das Haar fest, riß daran, dann schnitt er wie mit wütenden Schnabelhieben die Locke entzwei. Er schnitt auf beiden Seiten des mit Laubflecken übersäten Gesichts, über der Stirn, hinten im Nacken, wo er nichts sehen konnte: Er war mit abgeschnittenen Haaren über und über bedeckt, und auf dem Boden lagen sie in langen Flechten und in Häufchen. Eugen sollte Gaston nicht wiedererkennen; Gaston wäre ein Fremder, und er führte mit Eugen Gespräche wie mit einem Fremden, redete, als würde er ihn zum ersten Mal sehen, von Dracula, Eugens Kater – Graf Dracula, der, wäre er ein Mensch, im Telefonbuch in der Schweiz den Titel *Graf* weglassen müßte; es ist nicht gestattet, sich in der Schweiz *Graf* oder *Fürst* zu nennen; Grafen und Fürsten müssen sich verleugnen, müssen vorgeben, sie seien gewöhnliche Männer wie Eugen, Gastons Freund, der – spaßeshalber – *Draculla* sagte statt *Dracula*.

Ritsch, ratsch, schnitt Gaston sein Haar. Er hatte die Deckenbeleuchtung eingeschaltet, obwohl es noch Tag war. Graf Dracula saß schnurrend in einiger Entfernung und beobachtete, wie die Haarbüschel zu Boden fielen. Nachdem Gaston die letzten Stoppeln, die von seinem Kopf abstanden, weggeschnitten hatte (wobei er einen kleinen Spiegel zu Hilfe nahm), lachte er plötzlich. Er erinnerte sich, wie Eugen ihn an Sonntagen in seinem Auto ausführte; die vielen Signaltafeln rührten Eugen stets; er fand es so nett, wie der Autoverkehr sich ordentlich abwickelte, wie an alles gedacht worden war, um Unfälle zu vermeiden. Eugen sagte einmal, die Menschheit sei nicht so schlecht. «Es gibt eifrige Männer, die das Gemeinwohl im Auge behalten», erklärte er, «und die für Ordnung sorgen.» Jede Abschrankung, jeder Hinweis, jede Ortsbeschriftung entzückte ihn. Beinah stiegen ihm Tränen der Freude in die Augen, wenn er die verschiedenen Zeichen richtig deutete und seinen Weg mühelos zurücklegte. In der Nacht begeisterten ihn die leuchtenden Steinpflöcke, die die Straßen abgrenzten. Wie umsichtig war alles geplant! Planung war seine Leidenschaft; als Konzertagent war ihm noch nie eine Panne unterlaufen – immer hatte alles geklappt.

Gaston stand auf, zupfte die abgeschnittenen Haare von seinem Morgenmantel (ein Geschenk Eugens), holte einen kleinen Wischer und schob Berge von rotgoldenen Locken auf die Schaufel, die er anschließend wegtrug. In der Küche setzte er sich an den Tisch, goß Cola in ein Glas und rauchte; der Rauch schwebte, in kleine Schleier verteilt, langsam auf und nieder. Er trommelte mit seiner linken Hand auf dem Tisch; es war eine zierliche Hand – so zierlich, daß sie fast verkrüppelt wirkte. Graf Dracula sprang auf seine Knie. Gaston betrachtete den glänzenden Rücken des Katers und seine Ohren, die manchmal zuckten. Gastons kupferfarbene Augen waren noch runder im langen Gesicht. Er fror am Kopf. Aus dem Radio, das auf dem Holzherd neben dem Gasherd stand, sprach die Vertreterin einer sprachlichen Minderheit. Durchs Fenster sah Gaston Leute vorbeigehen; er hörte ihre Schritte, hörte sie sprechen, verstand aber nichts.

Der Himmel schien dunkel, obwohl er blau war. Plötzlich erkannte Gaston Eugens Profil; wenig später hörte er, wie Eugen die Haustür aufschloß, durch den Korridor ging und die Wohnungstür öffnete; gleich würde er eintreten.

Das Foto

Die Fenster sind verschieden groß, und das Dach ist auf der einen Seite steiler als auf der andern. Mitten auf der geteerten Straße, die vom Haus zum Fluß führt, ist eine lange, schwarze Bremsspur zu sehen. Der kleine Hermann mit dem weißblonden Haar, das wie eine Perücke aussieht, die über seinen Kopf gestülpt wurde, stellt sich den Fluß doppelt so breit vor, als er ist; er versucht zu denken, der Fluß sei ein Strom, obwohl er noch nie einen Strom gesehen hat. Der Fluß befördert wie ein grünes Fließband zwei Enten. Ob sie mit den Füßen rudern, obwohl sie weggetragen werden? Lange steht Hermann am Ufer und ißt ein Stück Brot; er kaut auf der linken Seite, weil auf der rechten ein Zahn weh tut. In der Straße daheim scheint das Vogelgezwitscher aus Lautsprechern in den Autolärm gestreut zu werden; hier sind die Vögel wirklich: eine Elster wohnt im Garten. Hermann denkt, sie sammle in ihrem Nest Fünfliber, Stanniolpapier und Ohrringe.

Hermann ist bei den Großeltern in den Ferien; am Abend schlafen sie vor dem Fernsehapparat ein: die Großmutter mit zurückgelegtem, der Großvater mit gesenktem Kopf. Hermanns Mutter besitzt keinen Fernsehapparat; sie hört Radio mit Kopfhörern, während sie liest, immerzu liest. Einmal hat sie ein Blatt Papier genommen und mit blauem Filzstift in großen Buchstaben darauf geschrieben: «Ich will nicht mehr leiden, ich will nur noch überleben» und das Papier mit vier Reißnägeln neben ihrem Bett an die Wand geheftet. Einige Wochen später hat sie das Papier entfernt und ein neues angebracht, auf dem stand: «Ich bin ein Mensch aus Fleisch und Blut.» Aber auch diesen Zettel warf sie wieder fort. Sie hat vom Erben eines Buchantiquars Bücher gekauft; sie lagerten in einer Garage, von wo Hermann und die Mutter sie mit einem Handkarren in die Wohnung brachten. Jeden Samstag verrichteten sie diese mühselige Arbeit, bis die vielen Schachteln mit den staubigen Büchern ein Drittel des Wohnzimmers versperrten. Die Mutter und Hermann sind nun wie in einem Güterwagen eingesperrt, der auf einem Nebengleis steht, weil man vergessen hat, ihn an die Lokomotive zu hängen; die Hausfassaden hinter den Fenstern bewegen sich nicht, aber im Kopf der Mutter tanzt die ganze Welt vorbei. Hermann bleibt allein; es beißt ihn im ganzen Gesicht – das kommt vom Staub der Bücher.

Gestern hat die Großmutter gesagt, als sie Hermann weckte und Hermann aus dem Traum heraus schrie: «Schrei mich doch nicht an.» Und gestern hat der Großvater einen Fotoapparat gekauft und blickt nun nach dem Mittagessen lange Zeit in den Sucher; dann muß Hermann seinen Stuhl näher zum Stuhl der Großmutter rücken. Die Großmutter, die sich vor dem Spiegel im Korridor gekämmt hat, stellt die Kaffeekanne beiseite und die Vase mit den Blumen in die Mitte des Tisches. Der Großvater befiehlt Hermann, den Kopf nicht zu senken und zu lächeln. Als der neue Fotoapparat dann plötzlich ein Papier ausspuckt, das der Großvater auf den Tisch legt, ist noch kein Bild darauf zu sehen; das Foto entsteht ganz langsam. Die Großeltern betrachten es aufmerksam. Die Großmutter entdeckt auf dem Foto, daß eine Schublade der Kommode nicht ganz geschlossen ist, und der Großvater versteht nicht, weshalb die Vorhänge im Hintergrund schwarz statt rot sind. Aber da der fotografierte Hermann lächelt, finden die Großeltern das Bild nett. Später, während die Großmutter das Geschirr wäscht und der Großvater das Tischtuch aus Plastik sorgfältig zusammenfaltet, zerknüllt Hermann das Foto langsam mit beiden Händen.

Der Kamm

Auf einer Vernissage in der bedeutendsten Galerie der Stadt drückt Wendelin, der Taschendieb, die Hand seiner Tochter Fifi, die er seit zwei Jahren nicht gesehen hat, und sagt: «Ich spüre dich nicht.» Er trägt ein schwarzes Hemd und eine weiße Hose und ist immer noch mager; seine hohe Stirn glänzt im Licht der Lampen. Seine Tochter weicht nicht von seiner Seite, auch später im Restaurant sitzt sie neben ihm; Wendelin deutet auf die gemalten Putten an den Wänden und gibt zu bedenken, daß die Flügel zu klein seien, um die schweren Körper mit den geblähten Bäuchen zu tragen. Er hat auf der Vernissage keine gute Beute gemacht: eine Brieftasche mit wenig Geld. Sie verlassen das Restaurant und fahren mit der Straßenbahn. Einmal muß Fifi husten; gleichzeitig kitzelt Wendelin, der Fifi gegenübersitzt, eine Fliege auf dem Handrücken, und er hat den Eindruck, sie habe ihn beim Husten dort angespuckt.

Fifi kauert im Wohnzimmer unter einem braunen, wollenen Gewand aus Pakistan, das über einem Bügel an der sonst kahlen, weißen Wand hängt. Wendelin sitzt im Schaukelstuhl und erklärt: «Ich bin kein Hase unter Hasen, sondern ein Chamäleon, das sich mit seiner Farbe den Hasen anpaßt.» Fifis Lippenstift haftet am Filter der Zigarette, die er für sie gedreht hat; der Filter besteht aus einem ausgeschnittenen Stückchen Halbkarton. Sie kann erst seit kurzem inhalieren und meint, es sei dasselbe, als würde man aus Beklemmung tief seufzen. Sie steht auf; mit runden Augen starrt sie in den Spiegel im Korridor und murmelt: «Mein Gott, sehe ich alt aus.» Sie ist sechzehn. Er schenkt ihr Wein ein; später wärmt er eine Büchse Minestrone, und sie essen in der Küche. Er sieht in seinen Handflächen die blauen Adern ganz deutlich, wie eingezeichnete Wege; auch die Hände verfärben sich für kurze Zeit bläulich. Fifi erzählt, am Morgen öffne sie zuerst die Vorhänge; sie müsse den Tag sehen, erst dann könne sie ihn beginnen.

Wendelin ist kränklich; es ist nicht immer dasselbe Leiden, das ihn heimsucht; verschiedene Krankheiten treten in ihn hinein, geben sich sozusagen die Türfalle in die Hand. Sein ganzer Körper entzündet sich stückweise; er kann wenig dagegen tun. Er kauft in verschiedenen Apotheken Medikamente – er sucht nicht immer die gleiche Apotheke auf – und trinkt Kamillentee. Von seinen Krankheiten sagt er der Tochter nichts. Sie erhebt sich abrupt, flüstert: «Mama wartet», küßt ihn auf die Wange und geht. Aus der Gesäßtasche ihrer Jeans zieht er, bevor sie durch die Tür verschwindet, flink einen Kamm, den er, während sie schon die Treppen hinabhastet, in der rechten Hand ganz nah vor seine kleinen Augen hält, die hinter den Brillengläsern plötzlich funkeln.

Begegnung

Annie kennt Roland, seitdem sie eine Zeitlang im gleichen Bus zur Arbeit fuhren und er einmal sagte: «Schönes Wetter heute.» Sie dachte vor dem Einschlafen daran, daß er mit ihr gesprochen hatte. Am andern Tag sagte sie leise: «Schlimmes Wetter heute.» Er verstand und fügte hinzu: «Kopfwehwetter, Föhn.» Sie stiegen von nun an stets miteinander ein und standen nah beieinander im Gedränge. Wenn es regnete, kräuselte sich sein rotes Haar über den kleinen Ohren. Er fand ihr Gesicht nicht schön, aber sie hielt sich gerade, ihre Bewegungen waren ruhig und ihre Stimme war angenehm. Nach einiger Zeit begegnete sie ihm nicht mehr; er wartete an einer andern Bushaltestelle, weil sein neuer Arbeitsweg ihn in eine andere Richtung führte.

Wenn Roland am Abend in den eigenen vier Wänden festsaß, griff er zum Telefonhörer. Er telefonierte jeden Tag mit drei oder vier Bekannten. Einmal rief er auch Annie an; er erzählte ihr von seiner neuen Arbeit. Er tippe das Tagebuch eines Forschers in Neu-Guinea von 1912. Erst nach langer Zeit sei es dem Forscher gelungen, eingeborene Frauen zu fotografieren. Er schrieb: «Ich machte einige Aufnahmen, auch von Frauen. Die eine, weiß beschmiert, schien in Trauer zu sein; um den Hals und von den Ohren herabhängend hatte sie viele Schnüre, zum Teil geflochtene.» Der Forscher beschenkte die Frauen mit Glasperlen oder kleinen Spiegeln.

Seither telefonierte Roland oft mit ihr; Annie, die bei den Eltern wohnte, hoffte, er würde sie einmal einladen, doch das tat er nicht. Er erzählte ihr, daß er durchs Küchenfenster eine Frau beobachte, die ihrem Gatten auf einem kleinen Balkon das Abendessen serviere; sie stehe immer hinter seinem Stuhl, während er esse – unbeweglich. Einmal berichtete er, nach der Arbeit trinke er jeweils in einer Gartenwirtschaft ein Bier. Eine Frau sei ihm dort aufgefallen, die, wie er annehme, aus Geldmangel Kleider trage, die ihre Mutter gekauft habe; die Kleider seien erbsen- oder linsenfarbig. Einmal eilte diese Frau von einem Ende des Gartens zum andern, um einem Mann, der eine lahme Hand hatte, das Essen auf dem Teller zu zerkleinern. Einige Tage später erwähnte Roland einen kleinen Hund, der auf dem Marktplatz durch einen Reifen gesprungen sei. Annie sagte: «Zirkus mag ich nicht.» Roland redete von einem Kaktus, den er gekauft hatte; sie erklärte: «Ich hasse Kakteen.» Seither rief er sie nicht mehr an.

Viele Wochen später begegnete Roland eines Abends Annie im Nebel; er sah nur ihre Umrisse. Sie fand ihren Weg, ohne zu tasten; sie bog plötzlich ab, und er hörte ihre leiser werdenden Schritte. Im Vorübergehen berührte er einige knospende Äste. Ein Vogel fragte oder rief etwas. Er betrat seine Wohnung, lief auf die Tür des Schlafzimmers zu und öffnete sie. Annie stand neben dem Nachttisch, auf dem ein kleiner Marienkäfer aus Holz lag; der Luftzug bewegte seine Beine und seinen Kopf. Annie war nackt und weiß beschmiert; um den Hals und von den Ohren herabhängend hatte sie viele Schnüre, zum Teil geflochtene. Die Erscheinung dauerte mehrere Sekunden. Obwohl Roland nachher, um sich abzulenken, vor dem Fernseher saß, konnte er lange nicht einschlafen.

Fenstergeschichte

Joggi hat eine IV-Rente; er ist einmal im Suff aus dem Fenster gehüpft; ja, gehüpft, mit einem Lachen auf dem Gesicht; er dachte, das Fenster befinde sich einen Meter über dem Boden wie sein Fenster daheim; vielleicht dachte er sogar, er sei daheim, doch er war bei seinem Kollegen Wegge, dem Dichter, und fiel mehrere Meter tief; alles an ihm war kaputt, nur der Kopf blieb ganz. Er hinkt seither fürchterlich, von Jahr zu Jahr fürchterlicher, aber er arbeitet, spült Gläser in einer Beiz. Vorher war er Fensterputzer, also ein Fensterexperte; der Unfall hätte ihm gar nicht passieren dürfen, er hätte dem Fenster von innen ansehen müssen, daß es sich nicht zu ebener Erde befand, schließlich war die Aussicht dementsprechend: Schaute man nach links, waren die langen, blauen Hügel hinter dem Park zu sehen. Rechts, auf der andern Seite der Straße, führte ein Greis seine kranke Frau täglich einige Male zum schmalen Fenster, damit sie auf die Straße schauen konnte. Zum Zeitpunkt des Unglücks stand das Paar dort, wie festgenagelt; der alte Herr umklammerte den Arm seiner Frau, und sie war noch weißer als sonst im Gesicht, als Joggi in die Tiefe sauste.

Joggi fährt viel Tram; er hat ein verbilligtes Abonnement. Sehr gerne fährt er im Dreier; da klingelt der Tramführer jedesmal, wenn er über die Kreuzung rasselt, wo die hübsche Verkehrspolizistin amtiert; sie lächelt, läßt für einen Augenblick die Arme, die den Weg weisen, sinken.

Joggis Kollege Wegge lebt nun in einem Haus, das drei Flugplätze weit entfernt ist: Die Erde dort sei rot und der

Bauer, dem das kleine Haus gehört, habe eine Sonnenuhr an die Wand gemalt, schrieb Wegge. Er schickt Joggi von Zeit zu Zeit regelrechte Briefe, die Joggi nie beantwortet, denn er ist kein Dichter; er heftet sie an die Wand seines Zimmers. Wegge schreibt wunderschöne Sätze, zum Beispiel: «Die Einsamkeit hier schmerzt nicht.» Oder: «Die wilden Geranien sind sonnenbrandrot.» Ja, so schöne Worte kann Joggi nicht sagen, geschweige denn schreiben. Er trinkt immer noch viel: Rotwein gegen die Schmerzen. Er glaubt, Wegge schreibe ihm, weil er doch ein wenig ein schlechtes Gewissen habe, wegen damals: schließlich trank Joggi Wegges Bier, Wegges Wein, Wegges Schnaps.

Joggi hat ein Zimmer, das er *Schlag* nennt, und wenn die Passanten die Köpfe drehen würden, könnten sie Joggis Matratze am Boden sehen; Vorhänge hat er keine; am Abend schließt er einfach die Läden.

Einmal, es war etwa ein halbes Jahr nach Wegges Umzug, erfuhr Joggi zufällig, daß Wegge nicht nur ihm Briefe schrieb, sondern auch Klara, einem langnasigen Mädchen; es zeigte in der Beiz, wo Joggi die Gläser spülte, einige Briefe einer Freundin und las laut daraus vor: «Du weißt, daß ich Dich liebe. Also laß mich nicht zu lange warten. Telegramm genügt.»

Joggi empfand im Herzen einen heißen Stich; es war Eifersucht – ja, er wußte, es war Eifersucht. Wegge durfte nur ihm schreiben, niemandem sonst.

An diesem Abend schloß Joggi die Läden nicht sofort, sondern schob einen Stuhl ans offene Fenster, was er noch nie getan hatte, und starrte die Leute, die Autos, die Häuser an. Auf dem Sims des gegenüberliegenden Hauses saß eine junge Katze vor dem geschlossenen Fenster im dritten Stock und schrie jämmerlich: die Leute waren vermutlich fortgegangen und hatten vergessen, das Tier hereinzulassen. In schwindelerregender Höhe saß es auf dem schmalen Stein und weinte regelrecht. Joggi hatte Angst, die Katze würde in die Tiefe springen. Erstaunt bemerkte er, daß seine Augen sich mit Tränen füllten.

Die erste Betonkirche Europas

Der Herbst legt an die Häuser seine Hände aus Licht, als wolle er die kalten Mauern wärmen, doch auch die Lichthände sind kalt. Das Gedächtnis der älteren Frau ist verkehrt wie eine aufgehängte Fledermaus; tagsüber schläft es, nachts aber sucht es seine Beute. An einem fahlen Tag zeigt ein Mann im fahrenden Tram auf das Haus der älteren Frau und sagt: «In diesem Haus brennt die ganze Nacht das Licht.»

Das Haus, in dem die ältere Frau lebt, wird umgebaut. Der neue Hausbesitzer versteht nichts vom Umbau. Der Gaszähler baumelt zwischen dem leeren Türrahmen, der Briefkasten ist mit einem Draht draußen am Gerüst befestigt, die Toilette hat keine Spülung und die Badewanne wurde herausgerissen; überall liegt Schutt, und alles, selbst die Kleider an der Garderobe (die ältere Frau besitzt keinen Kleiderschrank), ist mit einer dünnen Staubschicht bedeckt. Manchmal riecht es nach Gas; vielleicht fliegt das Haus bald in die Luft.

Die ältere Frau lernt das Mädchen Anita eines Nachts in einem roten, gekachelten Raum beim Bahnhof kennen, wo beide an der roten, gekachelten Theke sitzen und Tee – die ältere Frau Tee mit Rum – trinken; der älteren Frau fallen die dünnen Finger des Mädchens mit den zierlichen Silberringlein auf. Die Fingernägel sind schmutzig; Anita reinigt sie mit einer Haarspange. Sie sagt, daß sie in der Notschlafstelle schlafe, und bittet um eine Zigarette. Anita geht mit der älteren Frau nach Hause; dort sitzen sie vor einer Lilie, die in einer Vase steht; die ältere Frau stellt die brennende Kerze vor die Blüte, dreht sie Anita zu und spricht leise: «Sie blickt dich an.» Anita stellt die Kerze hinter die Lilie; der Kelch der Pflanze füllt sich mit Schatten, doch die Spitzen leuchten. Anita kniet auf dem Boden und senkt den Kopf in den Schoß der älteren Frau; sie berührt mit ihren Lippen das Haar Anitas, das ihr wie ein Eichhörnchenfell vorkommt: es ist kurz, struppig und dunkelrot; wahrscheinlich mit Henna gefärbt. «Ich gehe immer am Sonntag in die Messe; in die erste Betonkirche Europas», erklärt Anita aufblickend, «und in der Frühe am Werktag trage ich Zeitungen aus.»

Anita liegt später neben der älteren Frau im Bett; es kommt ihr vor, sie höre ihren eigenen Atem erst eine halbe Sekunde, nachdem sie geatmet hat. Das ist unangenehm, als hüpfe vor ihr ein Ball, den sie nie zu fassen kriegt. Die schwere Hand der älteren Frau, die wie Pfeffer brennt, liegt auf Anitas nackter Schulter. Die ältere Frau schläft sonst, wenn sie allein ist, mit einer Stoffpuppe auf dem Bauch. Anita hatte zuerst Angst, die ältere Frau streichle und küsse sie im Bett, doch sie ist mit dem Zeigefinger nur spielerisch über Anitas Wirbelsäule gefahren. «Hier bist du nun daheim», hatte sie gesagt, «hier darfst du alles benützen; alles ist für dich da: der Briefkastenschlüssel, die Schubladen.» Anita kann es nicht glauben.

Am Morgen, während die ältere Frau in der Küche Kaffee macht, sieht Anita einen jüngeren Mann, der mit gesenktem Kopf am Fenster vorbeigeht und dann am Kiosk auf der anderen Straßenseite eine Zeitung kauft. Sie rennt aus dem Haus über die Straßenkreuzung bei Rot; die Automobilisten hupen. Sie kauft am Kiosk Zigaretten; der jüngere Mann sieht sie lächelnd von der Seite an und schlägt mit der Zeitung leicht auf ihren Kopf. Ein braunes Ulmenblatt hoppelt wie ein verletzter Hase vorbei.

Als Anita zurückkehrt ins Haus, ist das Tischlämpchen

umgekippt; die heiße Spotbirne liegt auf dem Buch ohne Buchdeckel, in dem sie gelesen hat: *Bambis Kinder*. Das Buch stinkt; beinahe hätten es Flammen aufgefressen. Anita bläst heftig auf das Buch. Es hat nun auf jeder Seite bis in seine Mitte einen braunen Fleck.

Als die ältere Frau den Kaffee hereinträgt – ein Handwerker bohrt in die Wand neben dem Tisch ein Loch –, ist Anita verschwunden; wenig später merkt die Frau, daß ihre goldene Brosche im Nachttischchen fehlt. Sie weint. Sie sieht, daß die Dächer und die wenigen Blätter der Ulmen hinter dem Fenster weiß sind, ohne daß es geschneit hätte. Bei diesem Schnee handele es sich, wie die ältere Frau am anderen Tag in der Zeitung liest, um «Industrie-Schneefall», eine Erscheinung, die beim Zusammentreffen von dickem Nebel, Temperaturen unter Null und Luftverschmutzung auftreten kann. Die dichten Teilchen des bodennahen Nebels laden sich mit Schmutzstoffen aus der Luft auf. Wenn die Schadstoffdichte groß genug ist, fallen diese aufgeladenen Teilchen in Form von Schnee zu Boden. «Vielleicht nimmt Anita Drogen», denkt die ältere Frau, nachdem sie den Artikel gelesen hat. Die ältere Frau geht von nun an jeden Sonntag in ihrem staubigen Mantel in die erste Betonkirche Europas; Pater Zürni liest meistens die Messe. Pater Zürni ist ein schöner Pater; er gefällt der älteren Frau von Mal zu Mal besser; er wird in ihrem Leben wichtig. Anita trifft sie nie dort an.

Die Ordnung

Ich wohne in einem Haus, das am Rande eines Rapsfeldes steht; ganz hinten sind Schrebergärten, und dort kräht zu jeder Tages- und Nachtzeit ein Hahn. Das Gelb des Rapsfeldes braucht Platz, ist ein großer Boden, über den niemand laufen darf. Wer sagt mir, daß das fremde Gewächs in meinem Bauch wirklich ein Kind ist? Ist es ein Mensch mit zwei Augen, einer Nase, einem Mund? Ist es nicht ein Ungeheuer, blau getupft, mit einem Schnabel? Seine Gedanken werden mir fremd sein; es wird ein *Jemand* für mich sein, der meine Milch saugt. Werde ich es lieben können? Wird es liebenswert sein? Da ich arbeitslos bin, mache ich lange Spaziergänge; einmal begegne ich Männern mit schwarzen Zipfelmützen, die einen Wagen auf einem geteerten Weg ziehen und stoßen; geteerte Wege bedrücken mich, weil sie sich meist auf abgeschlossenem Gelände befinden; Straßen führen weg, aus der Abgeschlossenheit heraus.

Seitdem ich schwanger bin, habe ich das Gefühl, eine Seite von mir ist ausgelöscht; es ist, als ob ein Wassertropfen auf eine Tuschzeichnung gefallen wäre. Immer werde ich von dem Gedanken gequält, da sei noch etwas, das ich empfinden müsse. Etwas Wichtiges. Ich möchte überwach sein, trunken, ich wünschte, daß vielfältige und scharfe Eindrücke jede Sekunde prall erscheinen lassen. Ich stehe vor einer Wand; dahinter ist etwas, das ich unbedingt entdecken muß.

Eines Abends begegne ich am Rande des Rapsfeldes einer Frau und einem Kind: das Rapsfeld ist ein goldener Rahmen. Ich grüße, sage ein paar Worte; die Frau blickt lächelnd auf meinen Bauch. «Einmal», erzählt die Frau, «saß ich auf einem Stuhl; mein Kind stand vor mir. Einem plötzlichen Impuls gehorchend, neigte ich den Kopf und legte ihn, als suchte ich Schutz, an die Brust des Kindes. Das Kind drückte ihn mit beiden Händen weg und legte seinen Kopf an meine Brust: so stellte es die Ordnung wieder her.» Die Frau hat vor dem Sprechen zu wenig tief eingeatmet, so daß die Luft nicht bis zum letzten Wort reicht, das sie nur hauchen kann. Sie nimmt das Kind bei der Hand und geht davon mit langen Schritten, während des Kind schnell trippelt.

Einsamkeit

Der Kastanienbaum streckt seine roten und weißen Blüten wie ein Sieger in die Luft: Er wird Früchte tragen. Wer genau hinschaut, sieht, daß es zwei Kastanienbäume sind; die Äste kreuzen sich. Der eine hat rote, der andere weiße Blüten, und da die beiden Bäume Braut und Bräutigam sind, mischen sie die Blüten zu einem einzigen, großen Strauß. Auf dem Trottoir an den Bäumen vorbeigehend, die hinter einer Mauer stehen, denkt die Frau mit den zarten Füßen, daß sie sich immer wieder in Passanten, in junge Männer und Mädchen verliebe. Sie zieht Vergleiche zwischen den jungen Mädchen und sich: «Ein Fußkettchen paßt nicht zu mir», denkt sie, das schmale Fußgelenk eines jungen Mädchens betrachtend, an dem ein silbernes Kettchen glänzt. Immer versucht sie, in Gedanken Paare zu schaffen: Die Fransen des Tischtuchs betrachtet sie, als handle es sich um kleine Personen; manche hängen allein, andere nahe beieinander, und das sind die Verliebten oder die Brüder und Schwestern. Sie hatte eine Tante, Emilie, die mehrere Paare zusammenführte und vor den Traualtar geleitete; zwei der Ehen, die sie gestiftet hat, sollen aber wieder auseinandergebrochen sein. Die Frau hat diese Tante als Kind gekannt; sie erschien ihr mächtig, eine Art Schicksalsgöttin. Sie starb unverheiratet.

In den Tagen darauf versucht sich die Frau zu erinnern, an welcher Straße sie den doppelten Kastanienbaum gesehen hat, doch es fällt ihr nicht ein. Sie ist verwirrt, hat Mühe, sich zu orientieren, seitdem sie geschieden wurde und seitdem ihr einziger Sohn aus dem Haus gegangen und in einer andern

Stadt untergetaucht ist; sie ist aus einer kleinen Ordnung gefallen, aus einer kleinen Wärme und einer kleinen Sicherheit. Sie läuft mit Stoffschuhen oder dick gefütterten Stiefeln ziellos umher. Einmal sitzt sie um Mitternacht im Haus, hört auf der Straße jemanden rennen und glaubt, zwei Pferde rissen aus, um sich auf einer Waldwiese zu vermählen.

In einem Schächtelchen

Eine violette Blüte lag auf dem Fußgängerstreifen; ein Mann trat darauf und zerquetschte sie. Anschließend betrat er einen Wohnblock, dann sein Zimmer, das wie eine Bühne war; im Haus gegenüber saßen die Zuschauer und starrten herein. Sein Fenster war mit langen, roten Vorhängen eingerahmt. Manchmal zog er die Vorhänge zu. Er sagte am Telefon zu seiner geschiedenen Frau: «Ich sah dich im Traum an einem Zugfenster stehen; du wirktest gesund.» – «Ich bin Musikerin», entgegnete sie, «ich höre an deiner Stimme, daß es dir schlechtgeht.»

Es war nicht nur eine große, geistige Müdigkeit, die es ihm unmöglich machte, ein Buch zu lesen; es war auch das Zurückschrecken vor einer fremden Welt. Er ertrug weder Lokkungen noch Angriffe. Von Beruf Marktforscher, fragte er Leute, die er in ihren Wohnungen aufsuchte: «Würden Sie ein Buch mit einem Totenkopf auf dem Umschlag kaufen?» Nicht einmal Musik hörte er. Plötzlich entschloß er sich, zu verreisen. Er ging zu einem Reisebüro und kaufte ein Flugticket, das er in seine Brieftasche legte und immer mit sich herumtrug, und tuschte seine Wimpern. Im Restaurant erzählte er einer fremden Frau: «Ich bin der Sohn sehr armer Eltern. Da wir sparen mußten, uns nichts leisten konnten, fehlt mir eine gewisse Großzügigkeit im Denken und Fühlen. Meine Welt hat in einem Schächtelchen Platz. Meine geschiedene Frau ist anders: Sie ist eine Eidechse; sie gab mir Eidechsenküsse.» Die Frau hätte gern gelacht, aber sie wußte nicht, ob das richtig war. Da jemand, der in einem Schächtelchen lebt, nicht glücklich ein Flugzeug besteigen und fortfliegen kann, blieb der Mann in der Stadt.

Willibald

Der Himmel fällt in Fetzen herunter. Die Straßenbahn hält vor Willibalds Haus. Bevor er die Tür aufschließt, kratzt er mit dem Schlüssel in seinen roten Bartstoppeln. (Seine Mutter bleichte sein Haar, als er ein Kind war; sie wollte keinen rothaarigen, sie wollte einen blonden Sohn – falls sie überhaupt einen Sohn wollte.) Er steigt in den ersten Stock. Über ihm wohnt eine junge Frau, die mit dem Mieter vom Parterre schläft, der ein Innerschweizer Bauernhemd trägt, wenn er an Sonntagen auf der Querflöte Bach spielt, immer Bach, was Willibald ärgert. Der Wohnungsschlüssel ist das Wichtigste, was Willibald besitzt; er hängt ihn hinter ein kleines Bild an die Wand. Er bückt sich, hebt vom schmutzigen Inlaidboden ein Buch auf, legt es aber sofort, wie in Panik, wieder auf den Boden. Er geht ins Badezimmer und putzt die Zähne; da schrillt das Telefon. Er schreit mit weit offenem Mund, in dem die Zahnpasta schäumt. (Manchmal ruft eine Frau Müller vom Pfarramt an, die für Willibald schon seit einem Jahr Arbeit sucht.)

Die leeren Weinflaschen in den Ecken und die welken Astern scheinen schon immer dagewesen zu sein. Willibalds Frau Yolanda liebt dunkle Männer; sie werden immer schwärzer. «Aber der Kopf paßt jeweils nicht», beklagt sie sich. Sie hat ungewöhnlich hohe Augenbrauenbögen und geht nie auf andere Menschen ein, verfügt nur über andere, benützt das Bild, das sie von ihnen geschaffen hat. Zu zweit kann man über Dinge lachen, über die man allein weinen würde. Yolanda sagte, bevor sie Willibald für immer verließ, sie höre, sehe und fühle mehr als andere, außerdem denke sie rasend schnell. Willibald hätte gern einen Freund, mit dem er darüber lachen könnte. Er tritt mit einem Glas Wein in der Hand ans Fenster. Ein Mann in einem Pelzmantel rennt durch den wirbelnden Schnee, wendet sich aufgeregt an Passanten und fragt: «Haben Sie ein Auto? Führen Sie mich zum Flughafen?» Wenn die Angesprochenen abwinken, ruft er bestürzt: «Aber Sie sind doch ein Mensch, verpflichtet, einem Menschen zu helfen!» – «Mir kann niemand helfen», sagt Willibald in Gedanken zu jemand Unbestimmtem, «man müßte meine Seele so in beide Hände nehmen» (er stellt sich vor, er forme mit den Händen eine Schale) «und wärmen, aber meine Seele ist zu groß und meine Hände sind zu klein.» Als Liebeserklärung hatte Willibald damals Yolanda ein leeres Blatt Papier geschickt: kleinkariert. Er sagte kurz vor der Hochzeit: «Ich habe Angst», doch beim Aussprechen des Wortes *Angst* mußte er gähnen, so daß das Wort seine Furchtbarkeit einbüßte.

Die Raben haben Hunger. Ihre Schreie sind ernst gemeint. Sie gehen über den Schnee wie Finger von Klavierschülern über Tasten. Ein Schneemann mit spitzem Kopf steht auf der schmalen Traminsel. Der Wind teilt Hiebe aus. Willibald steigt in die Straßenbahn, die nur kurz hält, um wieder zurück in die Stadt zu fahren; wenn ihm ein Mensch begegnete, der mit ihm reden wollte, dann würde er nicht antworten. Die Straßenbahn ist leer; nein, eine alte Frau mit Krücke und Kopftuch und rot lackierten Fingernägeln sitzt bei der Tür in der Ecke. Willibald denkt, daß der Mensch sich ein Leben lang bemühe, sich zu erkennen zu geben, und doch von niemandem erkannt würde. Und ein Leben lang strengt er sich an, sich der Einsamkeit und der Menschen zu erwehren, da Einsamkeit und Menschen zerstörerisch sind.

Willibald wird in einer Kneipe neben einer Hure sitzen, die mit sägender Stimme spricht und ein Stück Fleisch ißt, das sie mit Messer und Gabel zerreißt; das Make-up wird ein Oval ihres Gesichts bedecken, aber ihr Gesicht ist rund. Willibald wird, sehr betrunken, ein Lied summen; vielleicht: *Freude, schöner Götterfunken.*

Das Auto

Kurt küßte vor einigen Wochen seine Halbschwester zum erstenmal auf beide Wangen: Von nah veränderte sich ihr liebreich blickendes Auge, wurde bösartig und tückisch. Kurt hatte als Kind zwei Jahre in einem Heim verbracht; in jener Zeit wuchs er keinen Zentimeter und nahm kein Gramm zu. Die Geschwister sahen sich jahrelang nicht. Erst später, in einem Vorortzug, genannt «Bummler», begegneten sie sich, weil beide jeden Morgen um die gleiche Zeit zur Arbeit fuhren. Jedesmal, wenn Kurt nun seine Halbschwester küßte, schloß er die Lider, weil er befürchtete, das tückische Auge zu sehen.

Kurt haßt Papier; das Schlimmste für ihn ist, wenn er einen Brief aufbewahren muß. Die Zeitungen mit seinen Leserbriefen wirft er trotzdem nicht fort: Er verfaßt bei jeder Gelegenheit Leserbriefe, die jeweils abgedruckt werden; nur dank dieser Briefe besitzt er Selbstbewußtsein. Er lebt mit zwei Kollegen zusammen; zu dritt besitzen sie nur einen Schlüssel, den man nicht nachbilden lassen kann, da er zu einem Sicherheitsschloß gehört. Die beiden Kollegen haben ihre Schlüssel verloren; Kurt versteckt den seinen für sie unter einer Papiertüte mit leeren Flaschen, die immer vor der Wohnungstür steht. Er hat Angst, der Mann, der auf dem gleichen Boden wohnt, sauge eines Tages mit seinem Staubsauger den Schlüssel weg, wenn er das Treppenhaus reinigt. Der Hausmeister könnte die Bewilligung für zwei neue Schlüssel geben, doch niemand weiß, wer der Hausmeister ist. Auch der Briefkastenschlüssel fehlt.

Kurt kauft ein Auto, das sprechen kann. Nun fährt er immer mit dem Auto zur Arbeit. Das Auto sagt: «Schönes Wetter heute» oder «Schade, es regnet». Kurt liebt sein Auto und denkt, während er fährt, nicht an seine Halbschwester und ihr tückisches Auge, nicht an die verlorenen Schlüssel und nicht an die Zeitungsausschnitte und Briefe in seiner Wohnung. Je länger er das Auto kennt, desto mehr spricht es. «Kauf dir Handschuhe», sagte es zum Beispiel, «du hast eiskalte Hände.» Oder: «Dein Gesicht gefällt mir heute.» Kurt erwartet täglich eine Liebeserklärung.

Ernesto

Ernestos Brille war stets schmutzig; er sah die Welt verschwommen, was ihm nur recht war. Aber er erkannte einen Mann, der ihn stets mit: «Guten Tag, Ernst» begrüßte, schon von weitem. Er hatte noch nie mit diesem Mann gesprochen und wußte nicht, woher dieser seinen Namen kannte, den er falsch zitierte: Der Mann bereitete Ernesto immer wieder kurze Pein. Ernesto grüßte nie zurück. Er duldete seine Mitmenschen, aber er kannte keinen von ihnen näher. Den Mann, der ihn auf die erwähnte Art grüßte, haßte er.

Begegnungen verliefen oft befremdend: Kürzlich saß Ernesto in einem Restaurant mit zwei jungen Damen am gleichen Tisch; sie plauderten Englisch, um plötzlich ihre Konversation in perfektem Französisch fortzusetzen – ohne Übergang. Und ein Mann redete im Hintergrund mit einer Säule. Aber auch wenn Ernesto die Zeitung las, war er vor ähnlichen Überraschungen nicht sicher. So entzifferte er eine Überschrift: «Glaskonzert im Armenspital»; wenig später bemerkte er, daß dort geschrieben stand: «Galakonzert des Armeespieles».

Obwohl Ernesto leicht hinkte, hatte man nicht den Eindruck, er sei invalid, sondern nahm an, er habe eben eine ganz besondere Gangart, die zu seinem Kranichgesicht und seiner Kranichgestalt paßte. Er verkaufte Zigaretten, Zeitungen, Zeitschriften und Schokolade an einem Kiosk. Er hatte «zu wenig Augenflüssigkeit», wie der Arzt sagte, und konnte deshalb keine Kontaktlinsen tragen, was ihn schmerzte, denn er war eitel. Er nahm sich vor, von nun an ab und zu zu weinen, doch es gelang ihm nicht; seit er ein Kind war, hatte er nie mehr geweint. Er trank jeden Tag zwei Liter «Gesöff», wie er das Gemisch aus Cola und Rum nannte, das er in zwei Flaschen an seinen Arbeitsplatz mitnahm.

An einem windigen Tag im April, als Ernesto zur Arbeit eilte, entdeckte er den ihm wohlbekannten Fremden, der die Straße überquerte, Ernesto scharf ins Auge faßte und sagte: «Guten Tag, Ernst.» Ernesto dachte: «Das nächste Mal töte ich dich mit einer Steinschleuder.»

Die mißhandelten Blumen

Jakob nennt die Suppe, die er sich täglich kocht, «Eigenbrötlersuppe». Er hat einen armseligen Hinterkopf und armselige Ohren. Seine Frau ist eine Künstlerin: Sie verwandelt sich mit immer neuen Kleidern, schafft täglich eine andere Frau; den Haushalt läßt sie verkommen. Jakob liebt sie. Kürzlich träumte er, ein Kanarienvogel sei ihm zugeflogen, auf dessen Rücken ein Stempelaufdruck angebracht worden war, der besagte, wieviel Tonnen Futter das Vögelchen gefressen und wieviel Kilometer es zurückgelegt habe. Er wunderte sich im Traum nicht über des Vögelchens Kraft, so viel zu fressen und so lange Strecken zu fliegen. In Gedanken rechtfertigt sich Jakob ständig; er stellt sich mißliche Situationen vor: Der Hausmeister würde kommen, den tropfenden Wasserhahn bemerken und bemängeln, und Jakob würde sich entschuldigen und erklären, ein Klempner habe den Hahn repariert, doch er tropfe immer noch und das täte ihm, Jakob, unendlich leid. In seiner Vorstellungswelt wird er ständig von jemandem angegriffen und muß sich verteidigen. Er wacht mitten in der Nacht auf und antwortet in Gedanken einem Polizisten, der ihn vorwurfsvoll fragt, weshalb er denn die Wohnungstür nicht abschließe, bevor er die Treppe hinuntersteige, um Briefe aus dem Kasten zu nehmen; da müsse er sich nicht wundern, daß ihm sein Portemonnaie mit dem ganzen Monatslohn geklaut worden sei. Jakob erklärt, daß er niemandem mißtraue; dies sei ein großer Fehler. Er wolle sich von nun an bessern.

Es ist fünf Uhr abends und dunkel. Die Kälte schleift die

Hausecken scharf und die Dächer spitz. Hinter manchen Fenstern stehen dürre Weihnachtsbäume. Jakob kommt von seiner Büroarbeit nach Hause. Im Blumenladen im Erdgeschoß des Blocks, in dem er wohnt, brennt Licht. Er sieht durch die Glasscheiben die Inhaberin, die er nie grüßt, da er glaubt, sie mißhandle ihre Blumen; Blumen für seine Frau kauft er grundsätzlich in einem andern Laden. Jakob sucht zweimal in der Woche seinen Psychiater auf; er legt sich auf die Couch und schläft sofort ein. So ist er noch nie dazu gekommen, dem Arzt seine Angst um die mißhandelten Blumen zu schildern. Er bemerkt, daß ein Herr sich neben ihn stellt, hört ein Räuspern und dann eine leise, belegte Stimme: «Weshalb haben Sie die Floristin noch nicht angezeigt? Schämen Sie sich nicht, Mitwisser eines Verbrechens an Blumen zu sein?» Es fällt ihm, anders als in seinen Tag- und Nachtträumen, keine Antwort ein.

Das Geschenk

Zwei Nonnen aus einem geschlossenen Kloster, das nun geöffnet worden war, und das Kind Johanna fuhren auf der Rolltreppe eines Warenhauses und lachten. Oder Johanna versteckte sich unter dem Tisch, weil die Türglocke schrillte. Die Großmutter fragte: «Warum versteckst du dich? Wer, meinst du, kommt?» Johanna antwortete: «Ein neuer Mann kommt.» An den Wochenenden fuhr Johanna in einem Wohnmobil wie auf rollendem Wasser von Ort zu Ort. In der Nacht schliefen sie und die Großmutter hinten, die Mutter und ihr Freund oberhalb des Fahrersitzes. Oder: Johanna bespuckte Gegenstände, die der Mutter gehörten, und zerrieb den Speichel.

Die erwachsene Johanna klettert zum Fenster ihrer Freundin hinein; sie macht sich einen Kamillentee, raucht eine Zigarette und liest Thomas von Aquin. Die Sonne scheint in den kleinen Spiegel im Vogelkäfig, wo der Wellensittich sich putzt; das Licht, das vom runden Glas an die Wand geworfen wird, hüpft im ganzen Zimmer umher, als würfe jemand eine Goldmünze gegen die Wände.

Johannas Freundin leidet an einer Krankheit, die bewirkt, daß sie mehrere Male am Tag plötzlich einschläft und träumt; wenn man sie weckt, wird sie wütend. Einmal war die Mahlzeit, von der sie träumte, viel schmackhafter als die Mahlzeit, die auf dem Tisch stand und zu der sie eingeladen war; sie schrie vor Wut, als die Hausfrau sie weckte und zum Essen bat.

Johanna blickt aus dem Fenster und sieht eine Birke, die nur ganz wenig ihre Fingerspitzen bewegt. Johanna hat für die Freundin ein Geschenk mitgebracht: einen goldenen Fingernagel. Er wird am kleinen Finger getragen und strahlt geradezu etwas Königliches aus; Männer, Frauen und Kinder bewundern ihn und schütteln den Kopf über ihn.

Johanna wartet stundenlang, doch die Freundin kommt nicht, um das hehre, verführerische Geschenk entgegenzunehmen. Es wird dunkel; hinter dem Fenster bewegen sich Menschen wie Schatten über eine Brücke. Das Zimmer hat keine Deckenbeleuchtung; die Ständerlampe in der Ecke des kahlen Raumes spendet dünnes Licht. Johannas Herz ist plötzlich kalt; die Freude ist von ihrem Gesicht gefallen wie eine schöne, glänzende Maske. Sie nimmt das Päckchen, das für ihre Freundin bestimmt ist, vom Tisch, legt es in ihre Tasche, zieht die Jacke an und klettert aus dem Fenster.

Es war nicht alles verloren

Ein kleines Mädchen trällerte in der Straßenbahn vor sich hin, dann sagte es zu einem Herrn, den ich für seinen Vater hielt: «Weißt du, was ich singe?» Als dieser verneinte, antwortete es: «Ein Kind ruft nach seiner Mama, es ruft immerzu und hört nie mehr auf.» Ich saß hinter dem Kind. Jemand rief: «Marco!» Der so Angesprochene rief zurück: «Meinst du mich oder diesen da? Wir heißen beide Marco.» Mich fror. Ich wollte nur eins: aussteigen, die Straßenbahn verlassen und auf einer ebenen, schnurgeraden Straße wandern wie ein Mensch, der Zeit hat und schöne Träume. Oder über eine Brücke gehen, über die auch der Wind ging und über die zwei weißgekleidete Männer ein Bett mit Rädchen schoben. Marco hieß mein Freund, von dem ich verschiedene Bilder in meinem Kopf hatte: Marco als Trunkenbold, Marco als Herr mit Hut, Marco auf dem Pferd, Marco im Straßengraben, Marco als Spieler, Marco als Koch, Marco auf dem Abort sitzend und ich ihm den Kopf streichelnd, weil dies sein sehnlichster Wunsch war. Ich hörte das Weinen meines Töchterchens in der Nacht: «Wo ist Marco? Marco ist auch meine Mama.»

Als ich aus der Straßenbahn stieg, sah ich, daß eine Tramführerin im Führerstand saß; ihre Stimme hatte aber männlich geklungen. Es war so dunkel, als wären schwarze Tücher in die Straßenschluchten hineingestopft worden. Ich dachte manchmal, ich wäre durchsichtig und alle Menschen könnten meine Gedanken lesen. Einmal, in der Nacht, rief ich die Nr. 143 an: «Die dargebotene Hand». Eine trockene Stimme meldete sich: «Telefonhilfe». Ich sagte: «Ich habe Angst.» Sie antwortete: «Telefonieren Sie der Polizei, die Polizisten werden Marco mit einem Streifenwagen suchen. Steigen Sie auf einen hohen Berg, dann verschwindet die Depression.»

Ich stellte mir nun vor, ein toter Tramführer säße zusammengekrümmt auf seinem Sitz, und trotzdem stiegen Passagiere vertrauensvoll ein. Ich torkelte, da ich, wie immer im Laufe des Tages, zu viel getrunken hatte. Einige Häuser, die sich weit weg befanden, waren mir ganz nah, andere, die in der Nähe standen, schienen mir weit entfernt. Ich freute mich auf das Wiedersehen mit meinem Töchterchen bei meinen Eltern noch diese Nacht: Es war nicht alles verloren. Meine kleine Tochter hatte für mich sicher mit Bauklötzen mitten auf dem Teppich ein Haus gebaut.

Die Entführung

Das verliebte Paar hatte eine eigene Sprache erfunden: Manche Wörter endeten mit «böller», andere mit «ul». Aus Versehen redeten sie manchmal auch solcherart, wenn Leute dabei waren. Es waren aber selten Leute mit ihnen: Sie lebten in ihrem großen Zimmer wie auf einer Insel. Er malte, sie stickte Bildteppiche. Aber abgesehen von ihrer Sprache, und obwohl beide noch sehr jung waren, mußte man sie als ernstzunehmende Persönlichkeiten betrachten. Sicher, es fiel einem schwer, da sie ihn «Rollboll» nannte und er sie «Solbä».

Sie wünschten sich ein Kind; Rollboll stellte sich ein kleines Mädchen vor: «Süß, wenn es dann den Puppenwagenböller durch unser Zimmerul stößt.» Solbä war nach zwei Jahren noch immer nicht schwanger und geriet deshalb in eine große Traurigkeit. Auch Rollboll war bedrückt. Beide fühlten sich dem andern gegenüber schuldig. Sie redeten nur noch stockend miteinander. Solbä bestickte alle ihre Kleider.

Eines Tages im Frühjahr, als es kühl und regnerisch war, stahl Solbä ein Kind, das in einem Wägelchen vor einem Laden saß. Sie stieß den Wagen, fast blind vor Entschlossenheit und Angst, schnell durch eine Nebenstraße, durchquerte einen Park und stellte ihn im Haus, wo sie wohnte, in den Hinterhof. Sie trug das Kind die Treppe hoch, öffnete die Tür, trat ein und setzte es in den Schaukelstuhl, der mitten im Zimmer stand. Sie sagte zu Rollboll: «Hier ist ein Kindul.» Das Kind begann leise zu schluchzen. Sie zogen ihm gemeinsam das Jäckchen aus und boten ihm Kekse an, doch sein Schluchzen ging in lautes Weinen über. Es war von zierlichem Körperbau, hatte einen dünnen Hals und rotes Haar; die Augen waren kieselgrau. «Es paßt zu uns», versicherte Solbä.

Sie lebten mit dem Kind glücklich, erfanden neue, heitere Gespräche und phantastische Bilder, doch Furcht verbot es Solbä, das Kind mitzunehmen, wenn sie Einkäufe tätigte. «Laß uns fortreisen», bat sie Rollboll, «wir wollen in einer andern Stadt ein neues Leben beginnen und Menschenböller kennenlernen, die unser Kindul bewundern.» Rollboll murmelte, das Kindul würde auch in einer andern Stadt gesucht. Er nahm es auf den Arm, und Solbä kraulte es hinter den kleinen Ohren.

Eines Morgens, als Solbä, Rollboll und das Kind frühstückten, läutete es an der Tür. Als Solbä öffnete, standen einige Polizisten draußen und drangen in die Wohnung ein: Solbä und Rollboll wurden abgeführt, das Kind wurde zu seiner Mutter gebracht.

Vogel friß oder stirb

Der Salzsee scheint wie ein breiter Strom unter dem silbernen Himmel zu fließen; man erkennt in der Ferne die kleinen Wellen. An einer Stelle leuchtet das Wasser violett: Dort hat sich vor langer Zeit die liebeskranke Violetta ertränkt. Niedrige, knorrige Bäume und Büsche, die der Wind bewegt, säumen die Ufer. Das kleine Mädchen auf dem Balkon eines weißen Hauses mit blauen Fensterläden und Türen zieht an der Schnur einer Spieldose; das Wiegenlied von Brahms klingelt der schlafenden Puppe ins Ohr. Hier, in diesem Land, gibt es Steingärten mit einem Ziehbrunnen, Pinien und Olivenbäumen. In den Nächten rascheln die Siebenschläfer in den Zweigen; man hört ihr eigenartiges Krähen. Von weitem sieht man manchmal einen Herrn als erstaunlich hohen Strich quer über die Landschaft rennen, weil er findet, dies sei gesund; über ihm fliegen Möwen. «Von unten gesehen», denkt das Kind, «haben die Möwen große Bäuche wie weiße Kissen.» Die Sonne huscht plötzlich wie ein Geist über die Mäuerchen. Das Gesicht des Kindes ist von Moskitos zerstochen. Vor dem Einschlafen und während des Schlafs rollt das Kind den Kopf auf dem Kissen hin und her; die Mutter nennt diesen Vorgang «rolzen».

Der Salzsee, der Himmel und die stillen Bäume, die ihre Gedanken kreisen lassen, bilden jeden Tag ein anderes Gesicht. Die Mutter sagt: «Das Witwenschleiergesicht gefällt mir am besten.» Es gibt auch das Schlaumeiergesicht. Hinter dem geschlossenen Türladen knistert in der Nacht Papier auf dem Balkon; die Tür ist offen, der Laden geschlossen. Jede der vier Wohnungen hat eine eigene Außentreppe, die zum Balkon führt; von dort aus tritt man in die Küche und dann ins Schlafzimmer. Die Mutter liegt manchmal nackt, in vier Wolldecken gewickelt, auf einem harten, weißen Lehnstuhl aus Kunststoff, den sie mit dünnen Kissen gepolstert hat. «Bitte», murmelt sie, «zieh nicht an der Spieldose.» Der Wind bläst Wüstensand über die Insel; die weißen Häuser werden gelb. Die Mutter holt Atem wie jemand, der Kieselsteine in sich hineinstopft. Das Kind hat den Eindruck, plötzlich sei die Mutter in einem leeren Raum; langsam läuft sie aus: Blut, Wasser, Augen, alles fließt aus ihr heraus. Das Kind spielt mit weit offenem Mund; die Zungenspitze berührt die oberen Vorderzähne: Die Zunge rollt sich nach innen. Die Sonne ist eine brennende Rose, die sich im Salzsee auslöscht. Die Insel, auf der die Frau und das Kind leben, heißt VOGEL FRISS ODER STIRB.

Verena

Vor drei Jahren ist Verena von den Rädern eines Lieferwagens überrollt worden; sie hatte das Auto gesehen und war trotzdem auf die Straße getreten. Ihre Beine waren zerquetscht. Sie lag lange Zeit im Spital, wurde einige Male operiert, war im Rollstuhl und ging dann an Krücken. Einmal fragte jemand: «Wolltest du deinem Leben ein Ende setzen?» Sie antwortete: «Es war keine Depression, es war eine Euphorie.»

In einem Taxi fühlt sich Verena geborgen; sie sitzt gern vorne neben dem Fahrer, nimmt seine sympathische oder unsympathische Ausstrahlung wahr und redet kaum mit ihm, beantwortet nur Fragen. Er fährt vorsichtig und doch schnell; die Zähluhr zeigt an, wieviel Geborgenheit kostet. Auch in ihrem Bett ist Verena geborgen; sie schläft auf der rechten oder linken Seite ein, ihre rechte oder linke kleine, geschwollene Hand liegt auf einem winzigen Teddybären, aber nie auf seinem Gesicht; er soll atmen. Verena benutzt den Fernsehapparat wie ein Radio; sie liegt auf dem Bett, spürt mit der Hand den Bären und hört den Ton der laufenden Sendung. Das Bild stellt sie sich vor.

Im Rückspiegel des Taxis sieht Verena die Mona Lisa: Die Augen sind hinter dunklen Brillengläsern versteckt, der Mund zeigt das berühmte Lächeln. Verena findet, die Mona Lisa sähe aus wie ein Huhn, das sich im Hühnerhof unter den vielen Hennen fürchtet und deshalb allein, wie in einem Käfig, hinter aufgeschichteten Pappschachteln hocken darf und dort gefüttert wird.

Plötzlich stoppt der Chauffeur; Verena hört ein Geräusch

wie scherbelndes Glas und Schreie. Der Chauffeur steigt aus. Verena öffnet die Tür und sieht auf dem Randstein ein kleines Mädchen neben einem Kinderfahrrad liegen. Das Kind weint und schreit laut nach seiner Mama; erschreckte Menschen stehen neben ihm. Verena zupft an ihrem langen, indischen Kleid und flüstert: «Es war keine Depression, es war eine Euphorie.»

Marietta

Marietta hatte ihr Kind ins Tagesheim gebracht und fuhr zur Arbeit. Sie packte in einem Herrenmodegeschäft Kleider ein und mußte sich für ihre Arbeit gefällig anziehen; sie haßte sich in ihren putzigen Röcken und Blusen. Ein Greis betrat die Straßenbahn und musterte die Fahrgäste mit eisigem Blick. Marietta erschrak; sie besuchte «Väterchen Frost», wie sie ihren Vater bei sich nannte, nie. Nun hoffte sie, er entdecke sie nicht. Er hatte sie als Kind gelehrt, Gott zu fürchten.

Der Himmel hatte die gleiche gleißende Farbe wie die Tramschienen. Es war schwül. Marietta, die nie einen dummdreisten oder auch nur neugierigen Blick hatte, stieg aus der Tram, ohne daß der Alte sie sah; sie ging über die Straße und dachte, sie wäre durchsichtig, alle Menschen läsen ihre Gedanken. Sie wurde ganz steif. Obwohl es erst August war, drehten sich auf dem Trottoir dürre Blätter im Wind.

Am Abend holte Marietta ihr Kind aus dem Tagesheim. Kaum war sie zu Hause, stellte sie den Fernsehapparat an; der Ton war sehr laut. Das Kind hatte früher versucht zu spielen, ohne hinzusehen und hinzuhören, aber irgendwann gab es auf: Es kniete von da an am Boden und starrte auf den Bildschirm. Manchmal stellte es eine Frage an die Mutter: «Weshalb weint der Mann? Warum schreit die Frau?» Marietta reagierte unwirsch, so daß es das Fragen aufgab. Das Kind wurde der Mutter gegenüber störrisch; es beantwortete seinerseits keine Fragen mehr.

Wie tröstlich waren die hell erleuchteten Fenster des breiten Hauses, das auf der andern Straßenseite stand. Marietta zog die Vorhänge zu und setzte sich an ihren kleinen Tisch, auf dem ein Aschenbecher, eine Zuckerdose, ein Salzfläschchen und zwei blaue Kerzen in ihren Haltern standen. Außerdem lagen da noch Tarot-Karten, eine Zeitung, ein rundes Spiegelchen mit einer Rasierklinge und einem Trinkhalm für das Koks. Marietta hatte einmal zu sich selber gesagt: «Ich bin nie mit nackten Füßen im taufrischen Gras gegangen: Koks vermittelt mir dieses Gefühl.» Sie kaufte es übrigens bei Meier Sepp, der sich «Marc» nannte und im Haus mit den hell erleuchteten Fenstern wohnte. Meier Sepp war magersüchtig und schluckte jeden Tag Abführmittel: Er war in Marietta verliebt, wollte aber nicht mit ihr schlafen; er dachte: «Ich befürchte einen Persönlichkeitsverlust.» Er redete leise, war fromm und besuchte Marietta regelmäßig. Er sniffte nicht, trank auch keinen Schwarztee und keinen Orangensaft, weil ihn dies «erregte». Ein einziges Mal küßten sie sich. Er fand, der Kuß habe «köstlich wie Weihrauch» geschmeckt, doch er wollte ihn nicht wiederholen. Manchmal träumte Marietta von Meier Sepp.

Die Pflicht

Während ich zwei Schritte machte, trippelte die Frau vor mir mit raschen vier Schrittchen. Ich hätte sie gerne überholt, wollte aber doch nicht ausziehen wie ein Soldat. Die Frau betrachtete sich in jeder Schaufensterscheibe. Wie das am Morgen so ist: Die Dinge hatten noch kein offenes Gesicht, sie blickten mich nicht an; ich lief an ihnen vorbei, ohne sie mir zu merken. Aber die Frau von hinten fiel mir auf. Sie hatte das Haar im Nacken rasiert. Der Sommer war so schnell vorbeigegangen: Ich hatte ihn kaum bemerkt. Ich hatte meine Zeit in Innenräumen verbracht. Nun ging ich da in meinen roten Hausschuhen, die nicht ganz an den Füßen festsaßen, so daß ich bei jedem Schritt aufpassen mußte, daß ich sie nicht verlor. Aus einem Haus ertönte Klaviermusik; ein Kind übte mit der rechten Hand die Melodie eines Schlagers wieder und wieder. Eine trächtige Katze überquerte den Platz. Ich trug meine neue Brille; das Gestell hatte der Optiker «lieblich» genannt, deshalb hatte ich mich dafür entschieden. In der rechten Hand hielt ich einen Besen, den ich in einen Lift stellen mußte. Plötzlich blieb die Frau stehen, weil ein Herr mit roten Augenbrauen und grauem Haar auf sie zugetreten war und sie angesprochen hatte. Ich sah im Vorbeigehen ihr stark geschminktes Gesicht. Auf einer Bank in der Nähe saß ein Mann, der eine zusammengefaltete Plastiktüte in der Hand hielt; sie sah aus wie ein schwarzes Pannendreieck. Ein Jüngling mit bleichen Augen kam mir entgegen; auf seiner Brust, an seiner Jacke, hing eine weiße Ratte: Mit ihren Fingerchen hielt sie sich am Stoff fest. Langsam krabbelte sie höher, bis sie auf seiner Schulter saß. Der Jüngling verhielt seinen Schritt und sprach zu mir: «Er heißt Tadeus. Er putzt sich mehrere Male am Tag; morgens und abends wäscht er sein Gesicht mit Wasser. Er frißt alles. Wollen Sie ihn haben?» Ich fragte: «Kann er auch telefonieren?» «Er wirft seine Gegner auf den Rücken. Er schnuppert ständig; seine langen Schnurrbarthaare drehen sich wie ein Propeller, und er rollt sich in einer ausgehöhlten Kokosnuß zusammen. Er trägt Heu von einer Ecke in die andere und baut sich ein Nest.» – Zwei Frauen, die immer am Fenster standen und auf einen Mann warteten, pfiffen dem Bleichäugigen; die Ratte pfiff zurück. Ich zuckte bedauernd die Schultern und gab zu verstehen, daß ich den Besen in einen Lift stellen müßte und keine Zeit für ein längeres Gespräch hätte.

Ich ging weiter und bog in eine Nebenstraße ein. Ein Stelzengänger kam mir entgegen und grüßte. Ich bemühte mich, mit meinen zu großen Hausschuhen eine schnellere Gangart einzuschlagen; den Besen schulterte ich wie ein Gewehr. Ich dachte über Tadeus nach; ich bereute, daß ich ihn dem bleichäugigen Mann nicht abgekauft hatte. Aber die Pflicht ging vor.

Eva und Ruth

Wenn Eva, eine ältere, schwerfällige Frau, im schmalen Zimmer vor dem offenen Kamin sitzt und träumt, geht sie in das Feuer hinein und spürt das Lodern der Flammen im ganzen Körper. Sie hat die Farbe und die Wärme des Feuers und tanzt mit.

Eva öffnet die Tür zu ihrer Wohnung: Plötzlich hat sie die Falle in der Hand. Auch der Türgriff der Tür, die zum Balkon führt, ist abgefallen. Die Steckdose neben dem Lichtschalter hängt heraus. Eva späht wie immer am Abend um die gleiche Zeit aus dem Fenster, um die junge, schwarzäugige Frau zu erblicken, die aussieht, als ob sie als kleines Kind unterernährt gewesen sei. Eva schätzt die Frau auf achtzehn Jahre; sie ist in Wirklichkeit dreißig. Sie wohnt allein im Dachstock. Sie zieht die Schultern ein wenig hoch, wenn sie daherkommt mit ihrem konzentrierten Blick; Eva hat sie noch nie lächeln gesehen: Es sieht aus, als strecke der Schmerz seine Krallenhand aus ihrem Gesicht. Sie geht immer schnell, will nirgends verweilen, will heimkommen in ihr Zimmer zu den vielen Pflanzen, die sie aufmerksam betreut. Eva versucht, sich ihre Stimme vorzustellen: Sie hat vermutlich eine tiefe, ein wenig rauhe Stimme. Vielleicht ist sie aber stumm. Sie ist immer allein, trägt lange Hosen und hat das Zigeunerhaar im Nacken zusammengebunden. Eva nennt sie bei sich «Ruth». Sie hat noch nie mit Ruth gesprochen, sich nur an ihr satt geschaut. Die Zahnhygienikerin, von den Kindern «Zahnfräulein» genannt, kann Ruths Lippen sicher nicht auseinanderreißen und mit ihrer Zahnbürste in den Mund hineinfahren. Eva denkt:

«Ruth ist wie eine Insel ohne Weideland, ohne Wege, ohne Wald: Sie ist nicht von Pilzen, sondern von weißen, quadratischen Häusern überwuchert. An jedem Fenster der Häuser steht jemand unbeweglich und starrt hinaus.»

Eva hat eine Stereoanlage gekauft, doch sie kann sie nicht sofort bedienen. Ratlos steht sie vor den vielen Tasten mit ihren unverständlichen Benennungen. Radio hören gelingt ihr plötzlich, eher zufällig, und heute kann sie zwei Kassetten laufen lassen: Georges Brassens und Edith Piaf.

Eva erhebt sich, verläßt die Wohnung, steigt mit Herzklopfen die Treppen hoch bis zur Tür, an welcher kein Namensschild befestigt ist. Sie läutet. Die schwarzäugige Frau öffnet. Eva fragt, ob die Frau ein bißchen zu ihr käme, um Musik zu hören. «Ich geh' zu niemand Fremdem», antwortet diese bestimmt und schlägt die Tür zu. Eva geht langsam die Treppen hinunter; Weinen schüttelt sie. Sie denkt, sie falle um, rolle Stufe um Stufe bis ins Erdgeschoß.

Chantal

Ein Schwarm Schwalben glitt wie eine flüchtige Schrift über den blauen Himmel. Chantal hockte nackt auf ihrem ungemachten Bett, umgeben – ja, fast erstickt – von Katalogen. Die Küche war verstopft von Pappschachteln, in denen die Versandhäuser ihr die bestellten Kleider geschickt hatten. Die Kleider wiederum lagen, zu Haufen getürmt, um den Kleiderschrank herum, in dem kein Platz mehr war. Am Boden, neben dem Bett, standen vier halbvolle Gläser mit Gin Tonic.

Chantal sah die Schwalben nicht; die Schwalben sahen Chantal nicht. Chantal verließ ihr Zimmer nur, um einzukaufen oder um am Morgen im Spital das Methadon zu holen, einen Ersatz für Heroin, das Chantal seit ihrem vierzehnten Lebensjahr konsumiert hatte, bis ihr mildtätige Ärzte erlaubten, die Ersatzdroge einzunehmen. Chantal war, um das teure Heroin überhaupt kaufen zu können, kriminell geworden; sie hatte das Heroin weiterverkauft und den Strich gemacht. Sie war fünf Wochen in Untersuchungshaft gewesen und bedingt verurteilt worden. Sie lebte vom Ersparten ihrer Mutter, die Chantals Kind tagsüber beaufsichtigte. Nun war das Ersparte aufgebraucht. Die Mutter schrieb Gedichte wie: «In den Nächten in den fahlen, schnüre ich mir die Sandalen.» Sie sandte sie von Verlag zu Verlag. Sie bewarb sich um ein Stipendium, das ihr nicht gewährt wurde. Am linken Ringfinger trug sie einen schmalen, goldenen Reif: Als eine Bekannte, die mit ihr Musik studiert hatte, sie fragte, ob sie verheiratet sei, antwortete sie geheimnisvoll: «Ja, mit ‹drüben›.» Sie hatte ihren Psychiater am Ohrläppchen gezupft, als dieser beim Ausfüllen eines Formulars den Namen ihrer Krankenkasse nicht mehr wußte – eine Frechheit, die ihr nachträglich Herzklopfen verursachte.

Die Mutter telefonierte Chantal am Abend und teilte mit: «Ich kann dir das Kind nicht bringen, da ich meine Schuhe nicht finde. Ich habe sie überall gesucht. Mein zweites Paar ist beim Schuhmacher.» Chantal antwortete nicht; nach einer Weile aber schrie sie in den Hörer: «Ich pfeife auf deinen Schuhmacher! Du willst mir meine kleine Tochter nicht wiedergeben!» Sie brach in Schluchzen aus. Die Mutter rief: «Hallo! Hallo!»

Ein unbändiges Lachen

Grolo sagte: «Wenn jemand für mich Falschgeld herstellen würde!» Max hatte ihm zwei Zähne eingeschlagen. Was Max am meisten ärgerte: Grolo hatte nach kurzer Zeit neue Zähne im Mund; Max mußte mit einer Zahnlücke leben. Grolo und Max waren Kettenraucher und Kunstmaler. Grolo entfielen ständig Wörter; Max war beredt. Grolo wollte Patronen für seine Füllfeder kaufen, doch das Wort «Patrone» fiel ihm nicht ein, deshalb schrieb er mit einem Kugelschreiber. Grolo erschien seiner früheren Geliebten im Traum; Max schlief mit ihr. Grolo hatte eine Pistole unter dem Kopfkissen; Max war unbewaffnet. Maxens Frau fuhr mit dem Kind auf dem Riesenrad, das auf dem Domplatz aufgestellt war. Die Frau von Grolo hatte kein Kind. Grolo warf das Geld zum Fenster hinaus; Max war geizig. Seine Frau hatte von Maxens Mutter ein Ungetüm von Staubsauger geerbt, das «Mammut» hieß: Jeden Monat einmal war dieses lärmende Haushaltsgerät defekt, und sie mußte «Mammut» zur Reparatur durch das ganze Städtchen tragen, wobei sie sich schämte. Max stand am Nationalfeiertag, wenn Grolo Feuerwerk aufsteigen ließ, auf dem Balkon und rief zum Vergnügen seines Kindes: «Tschsch – paff! Bumm!» Maxens Frau wurde immer gehässiger; um sich an ihr zu rächen, versteckte Max ihren alten Pelzmantel in Grolos Estrich.

Eines Nachts – der Mond war grün – betranken sich Grolo und Max in derselben Kneipe. Sie spielten Karten. Grolos Frau, die niemandem mitgeteilt hatte, daß sie schwanger war, konnte nicht schlafen. «Ich trete aus meinem Versteck heraus», sprach sie, stieg in den Estrich, zog den alten Pelzmantel von Maxens Frau an und begab sich, geschminkt und mit geröteter Nase, auf die Straße. Sie eilte davon, daß die Absätze flogen, stieß die Tür zur Kneipe auf (die Hündin, die «Frau Witschi» hieß, sprang ihr entgegen), trat von hinten an Grolo heran, während draußen die Sirene eines Feuerwehrautos heulte. Sie bemerkte Maxens Frau, die sich schreiend auf den alten Pelzmantel stürzte und ihn der Schwangeren vom Leib riß. Grolos Frau rief: «Ich erwarte ein Kind!» Da drehte sich Grolo um; in seine vom Alkohol trüben Augen trat Glanz. Er lachte, lachte unbändig; man sah seine neuen Zähne blitzen.

Die gekauften Träume

Annagret wohnte an einer langen, schnurgeraden Straße; die Bäume standen wie lodernde Fackeln zu beiden Seiten. Annagret hatte einen großen Bauch, als käme sie aus einer Schwangerschaft nie mehr heraus. Wenn sie auf der Traminsel stand, sah sie in der Ferne einen winzigen Punkt, der sich unendlich langsam näherte und vergrößerte und sich in eine Straßenbahn verwandelte.

Annagret hatte in den Nächten nur glückliche Träume. Sie hatte bei Gott hundertzwanzig Franken Schulden; sie bat Ihn jeden Abend um einen schönen Traum und bot Ihm dafür Geld an; am andern Tag warf sie, falls der Allmächtige ihr Gebet erhört hatte, fünf oder zehn Franken (je nach Qualität des Traums) in den Hut eines Straßenmusikanten. Da ihr Weg sie nicht immer an Straßenmusikanten vorbeiführte, häuften sich die Schulden. Sie stiftete auch zehn Franken für das «Sorgentelefon für Kinder». Es ist natürlich auch möglich, daß Gott sie betrog: daß Er bewirkte, daß sie sich nur an die angenehmen Träume erinnerte und die schlechten vergaß. Doch auf diese Weise ließ sie sich gerne betrügen.

Annagret war als Kind von ihrem Vater, der Alkoholiker war, sexuell mißbraucht worden. Jahre später – der Vater war tot – saß sie in einer Kneipe neben einem Mann, der «den gleichen Atem hatte wie Vater», wie sie ihrer Mutter später erzählte. Sie rannte auf die Toilette und übergab sich. Mit eben diesem Vater wollte sie nun in den glücklichen Träumen eine Kindheit erleben, um die sie jedermann hätte beneiden müssen.

Sie träumte von schwarzen Vögeln, die durch eine weiße Nebelwand flogen; sie stand neben ihrem Vater, drückte aufgeregt seinen Arm und rief: «Das mußt du fotografieren, das ist wunderbar!» Oder sie sah ihren Vater von hinten durch den Schalterraum eines Bahnhofs schreiten. Sie rief: «Ist es schön dort, wo du jetzt hingehst? Kann ich mitkommen?» Er drehte sich um, lächelte und legte den Zeigefinger auf seine Lippen, dann ging er weiter. Oder sie und ihr Vater blickten durch eine offene Kirchentür auf ein Brautpaar, das vor dem Altar stand. Sie fragte ihren Vater: «Wollen wir auch heiraten?» Er schmunzelte und antwortete: «Das wäre nicht das Richtige für uns.»

Diese und ähnliche Träume kaufte Annagret bei Gott.

Innenleben und Eigenleben

Manuela war mager, trug rote Kleider, benützte rote Augenschatten und hatte eckige Bewegungen. Ein Onkel und ein Neffe waren Schriftsteller, eine Tante war Dichterin – Manuela malte. Sie malte, obwohl ihr vor Zeiten das Innenleben abhanden gekommen war. Es blieb stecken in einem gelben Schuh oder in einer blauen Vase, die in einer großen, hellen Wohnung standen, in der Manuela fünfzehn Jahre mit ihrem Mann gelebt hatte: bis zur Scheidung. Sie kochte in der letzten Zeit jeden Tag mexikanische Pfeffersuppe. Sie hatte am liebsten unvollständige Filme; sie betrachtete nur den Schluß, da sie der sogenannte Anfang nicht interessierte – und dabei wußte sie, daß es einen Schluß gar nie geben konnte.

Ihren Mann hatte sie erfunden: Ohne sie gäbe es ihn gar nicht, dachte sie. Sie argwöhnte immer, er mache sich selbständig, entwickle ein Eigenleben, entferne sich von ihr. Sie gab ihm keinen Schnurrbart; als er einen wachsen ließ, kriegte sie Bauchkrämpfe, die erst nachließen, als er seinen Schnauz wieder abrasierte. Sie kaufte ihm ein rotes und ein grünes Hemd sowie Jeans; als er sich beim Schneider einen Nadelstreifenanzug machen ließ, versteckte sie das kostbare Kleid, das sie an ihm nicht sehen mochte. Er durfte sein lockiges, schwarzes Haar nicht kurz schneiden. Sie wollte, daß er der verträumte Junge blieb, in den sie sich verliebt hatte. Er aber entwickelte Geschäftssinn, handelte mit Antiquitäten und nahm sich eine Geliebte, die in ihm den Tüchtigen liebte, den Herrn mit dem sicheren Auftreten. Manuela blieb nichts anderes übrig, als aus ihrem Traum herauszutreten: Dort, wo sie aber nun stand, war nichts, war Leere. Ihr Mann ließ sich von ihr scheiden und heiratete seine Geliebte; Manuela zog in eine Einzimmerwohnung und begann zu malen. Sie malte Oberflächen: ihren Tisch, ihre Kommode, ihr Bett, ihren Schrank, ihren Teppich. Sie hatte alles neu gekauft, um ohne Erinnerungen zu leben. Sie nahm sich vor, das leere Weißweinglas zu malen, über dem ihre Hand mit der brennenden Zigarette in der Luft gestanden hatte; sie wollte das Glas mit dieser Hand ergreifen, da sie annahm, es enthalte noch Wein: Plötzlich, ohne daß sie ihn berührt hatte, zersprang der Kelch, und Scherben lagen auf dem Tischtuch. Auch die Scherben wollte sie im Bild festhalten. Sie dachte auch daran, daß aus dem Gesicht eines jeden Mannes seine Mutter blickte; sie wollte ein solches Antlitz mit Pinsel und Farbe darstellen.

Eines Tages, als sie nach Hause kam, befanden sich verschiedene Dinge nicht am gewohnten Platz. Sie hatte niemandem den Schlüssel zur Wohnung gegeben: Wer hatte für Unordnung gesorgt? Sie verlor jeden Tag mehr die Übersicht. Sie kochte wieder mexikanische Pfeffersuppe und ging ins Kino, um den Schluß eines Films zu betrachten, denn das Ende war immer zugleich wieder ein Anfang. Es gab keine Geraden, es gab nur Kreise. Sie malte fortan nur noch Kreise.

Gnadenfrist

Norma ist schön wie eine Vase, die von einer weißen Hand getragen wird und die sich wünscht, fallen gelassen zu werden. Wenn Norbert, der Tanzlehrer ist, an Norma denkt, die seine Schülerin war, hört er sie aus einem weit entfernten Zimmer rufen; er verstand nie, was sie rief, schrie nur zurück: «Ja! Ja!» Wenn sie wütend herbeigerannt kam, wußte er, daß er hätte: «Nein! Nein!» rufen müssen. Sie wollte nie annehmen, daß er sie nicht verstand, weil die Entfernung zwischen ihnen zu groß war; immer wieder riet sie ihm eindringlich, ein Hörgerät zu kaufen.

Norbert ist erst um vier Uhr morgens eingeschlafen. Er steigt mit Bleifüßen aus dem Bett; in seinem Kopf dreht sich langsam der Gedanke: «Ich sehe keinen Ausweg.» Zur gleichen Zeit wirft Frau Dr. Eng der Frau Pfarrer, die unter ihrem Fenster vorbeigeht, Spaghetti auf den Hut; eigentlich wollte sie diese Restmahlzeit für den Hund der Frau Oechsli über den Zaun schleudern. Und zur gleichen Zeit klatscht die Haushälterin des Barons, der wegen des nebelfreien Klimas hier wohnt, mit einer Nachbarin über die Eigenheiten des «Baröndls», wie sie ihren Arbeitgeber nennt.

Norbert interessierte sich noch vor wenigen Tagen nicht für das Leben der kleinen Stadt, für die Menschen des Quartiers, die nie in ihren Küchen den Urschrei probten. Aber nun hat Norma die Nachbarn zu einer Verschwörung gegen ihn angestiftet.

Am Boden des Zimmers liegen auf einem weißen Papier, das sich im Luftzug bewegt, lange schwarze Handschuhe.

Seit Tagen tobt der Wind, reißt die Balkontür auf, schlägt sie zu. Der Vorhang flattert. Norbert, der am Tisch sitzt, spürt Eis auf den Füßen, Waden, Oberschenkeln, Hüften. Aber er kann nicht aufstehen, um die Balkontür zu schließen, da das Schloß defekt ist. Die langen, schwarzen Handschuhe gehören Norma, die nun auf dem Estrich wohnt und Norbert einschüchtert: In den Nächten dreht sie mit einem Draht seinen Schlüssel, der im Schloß steckt; er sieht es deutlich. Manchmal legt er einen Finger auf den Schlüssel, um zu spüren, wie er sich bewegt. Sie steigt die Treppe auf und ab, die ganze Nacht. Sie will ihn wahnsinnig machen. Sie ist mit der Nachbarin, die auf dem gleichen Boden wie Norbert wohnt, im Bunde. Auch Kinder spannt sie ein; sie kichern hinter der Tür. Er wird belauert, kontrolliert und in Angst versetzt, weil er Norma verlassen hat. Wenn er verrückt geworden ist, wird sie in die Wohnung eindringen und ihm mit einer Axt den Schädel spalten; deshalb darf er nicht schlafen. Vielleicht wartet sie auch, bis er verhungert ist.

Winter im Frühling

Das Gespenst berührt Friederike jeden Tag, einmal packt es sie am Handgelenk, ein anderes Mal berührt es von hinten ihre Schulter oder fährt ihr blitzschnell mit der Hand über das Gesicht, so daß sie vor Schreck aufschreit. Sie weiß nicht, was es von ihr will.

Als sie in einer Bar saß und ihrem Bruder begegnete, der erzählte, wie es ihm erging tagaus, tagein, sagte sie plötzlich leise: «Ich habe keine Identität mehr.» Doch eine gewisse Sturheit ist ihr geblieben: Vor dem Einschlafen legt sie jede Nacht die großen Zehen über die zweitgrößten; ihre Füße sind in ein Gebet versunken. – Einmal, als sie zuviel getrunken hatte und am Boden lag, um das Zimmer von unten her zu betrachten, sah sie auf ihrem schwarzen Wandschäftchen vier Tonköpfe, die sie geformt hatte: Ihre Münder schrien.

Der Mond liegt wie eine Silbermünze auf dem dunkelblauen Himmel, der von hellblauen Wolkenstreifen durchzogen ist. Auf dem schmalen Trottoir vor dem Haus steht Friederikes kleiner Junge; in der Hand hält er ein offenes Klappmesser; auch seine Schuhbändel sind offen. Es gibt irgendwo auf der Erde einen Pudel, der «ja, Mama» sagen kann. Der kleine Junge kann nicht sprechen, er kann nur mit gezücktem Messer auf dem zu schmalen Trottoir stehen und die Menschen zwingen, auszuweichen und die stark befahrene Straße zu betreten.

Friederike kocht nicht nur für diesen kleinen Sohn, der Alfred heißt, sondern auch für einen großen Sohn, der sich Habakuk nennt. Friederike füttert ihre Söhne, aber sie schreit sie auch an: Sie ist reizbar, seit das Gespenst sie jeden Tag berührt. Friederike verfaßt in unleserlicher Schrift Briefe: mit goldener Füllfeder und brauner Tinte. Sie berichtet vom Gespenst, doch da niemand die Briefe lesen kann, nimmt niemand Anteil. Es ist, als würde im dicken Winter jemand erschossen: Der Himmel ist weiß, der Schnee ist weiß, der See und die Straße sind weiß; auch der Tote ist weiß. Die Sonne ist weiß.

Christa

Auf Christas Tisch liegen Zahlungsbefehle; sie öffnet sie nicht. Sie liegen da, und sie hält den Atem an. Sie hat im Zimmer ein Foto mit einer Indianerin aufgehängt, die versonnen in einer Hängematte ruht; auf ihren Oberschenkeln sitzt ein kleiner Junge, sieht aus wie das Jesuskind auf einer Ikone und blickt den Betrachter mit schwarzen, mandelförmigen Augen an. Daneben hängt eine Fotografie von Virginia Woolf im Profil; in der rechten Hand hält sie eine Zigarette; sie sitzt in einem hohen Raum und scheint, vermutlich durch ein Fenster, den Horizont zu fixieren. Christa betrachtet die beiden Frauen jeden Tag, bevor sie in den Park mit dem Schlammboden geht, in dem kürzlich ein Baum brannte. Alle Menschen der Stadt, die Bäume in jedem Zustand – blühend, brennend, ohne Blätter, mit Blättern – lieben, treffen sich im Musikpavillon, der Schutz bietet, wenn es regnet. Manche leben im Park und liegen in den Nächten auf Zeitungen.

Wenn am Bildschirm ein Bildschirm mit einem Herrn erscheint, spricht der Moderator mit diesem und sagt am Schluß: «Ich danke Ihnen, daß Sie bei uns waren.» Den gefilmten Herrn, der auch in Christas Stube war, wofür sie ihm ebenfalls recht dankbar ist, soll man nicht mit dem brennenden Baum vergleichen; dieser Baum war wirklich bei ihr, sie hat ihn in seiner vollen Größe angeschaut, die Hitze gespürt und das Lodern der Flammen gehört.

Christa mißtraut der Post immer. Wenn sie einen Brief geschrieben und abgeschickt hat, telefoniert sie zwei Tage später und fragt, ob er auch angekommen sei. Manchmal fährt sie mit der Eisenbahn im Speisewagen, nur, um neben einem runden Lämpchen zu sitzen.

Christa lebt allein und arbeitet nicht. Sie wünscht sich vor dem Miethaus einen Brunnen, aus dem Pferde trinken. Es gibt Tage, da zieht sie den Stecker des Telefons heraus; niemand teilt ihr dann etwas mit: Sie hört keine menschliche Stimme. Sie ist eine Frau mit Affenaugen und einem Affenlachen.

In der Stadt gibt es immer mehr Gruppen und Grüppchen; nicht nur die Baumfanatiker sondern sich ab, sondern auch andere Extremisten: Gassenküchenfreaks, Fledermaushasser, Schaumbadverachter, Fans von behaarten Damenbeinen. Die Mitglieder der Gruppen bekämpften sich vorerst, indem sie haßtriefende Leserbriefe in Zeitungen veröffentlichten. Nun gehen sie mit Pflastersteinen aufeinander los; jeden Samstag finden Straßenschlachten statt. Christa sagt: «Am Samstag bin ich immer suizidal.» Sie spricht das Wort so flott aus, als habe sie Öl im Mund. Das Wort steht weder im Duden noch im Fremdwörterlexikon. Ein Herr übergibt ihr jeden Monat durch ein Fenster eine mittelgroße Summe Geld; sie steckt es ein, ohne ein schlechtes Gewissen zu haben. Der Herr liebt sie, sie ihn nicht.

Stefanie

Die Stadt war wie mit Asche zugeschüttet, aber überall glommen Lichter: Wörter, die für Restaurants, Kinos, Bars, Diskotheken, Zigarettenmarken und anderes mehr warben. Und unter dem weißen, runden Mond flogen zwei Möwen. Ein Fräulein, das zu klein gewachsen war und immer ein Taschentuch im linken Ärmel der Bluse oder des Pullovers trug, ging eifrig auf dem Trottoir. Es hatte ein Hasengesicht und geschwollene Beine. Es hieß Stefanie und schrieb ein Buch. Die Tatsache, daß das Buch vielleicht später in vielen Läden zu kaufen war und einen Leineneinband, einen Schutzumschlag, einen Klappentext und Seitenzahlen aufweisen würde, versetzte Stefanie in ständige Aufregung, auch in ein Wohlbehagen. Stefanie war in einer Klosterschule unterrichtet worden und hatte in der knapp bemessenen Freizeit immer gehäkelt. Sie konnte nicht lügen, wußte aber nicht sicher, was Wahrheit ist. Sie vermutete, Wahrheit sei rot oder blau oder grün, eckig oder oval, flach oder spitz. Aber was hatte Fräulein Stefanie zu schreiben; Stefanie wußte nichts von leidenschaftlicher Liebe, von Zorn, Panik, Haß, Erpressung, Rache, Terror. Sie saß an Werktagen in einem Büro am Computer und an Sonntagen in der Kirche. Aber nun ist etwas zu sagen, das Fräulein Stefanie in einem ganz andern Licht erscheinen läßt: Stefanie hatte Phantasie! Phantasie ist die fliegende, flatternde, Purzelbäume schlagende Schwester der steifbeinigen Wahrheit. Und Stefanie kannte die Zärtlichkeit und die Enttäuschung; deshalb konnte sie ihr Buch häkeln. Nun, da sie so eifrig auf dem Trottoir ging, sah sie einen jungen Mann in zerrissenen Jeans, der unter einer Straßenlampe am Boden saß und in einem Buch las. Ihr Herz flog ihm zu, was der junge Mann nicht bemerkte. Sie dachte: «Ich bin keine Schriftstellerin, aber ich schreibe ein Buch, das er später vielleicht genauso konzentriert lesen wird.»

Der Himmel wurde finster, und die beiden Möwen nahmen Reißaus, als Stefanie in eine Seitengasse einbog. Sie läutete an der Tür eines schmalen, schwarzen Hauses. Die Tür war von innen dreifach verschlossen: mit einer Sicherheitskette, einem breiten, wuchtigen Riegel und einem Sicherheitsschloß. Eine Stimme flüsterte durchs Schlüsselloch: «Losungswort?» «Stammtisch», murmelte Stefanie, worauf die Tür umständlich geöffnet wurde. Stefanie trat ein und nahm an einem Tisch Platz, um mit ihrer Freundin Tee zu trinken, die ein wenig schielte und im Haus immer barfuß ging, damit niemand sie hörte.

Die Stille

Jetzt konnte das Wunderkind die Stille aushalten, den Himmel aus Gold, lichtsprühende Bäume und verblühende Rosen vor dem Haus, in dem es schon seit Monaten Gast war. Sonderbar: Die Tante betrachtete den Garten meist durchs Fenster, als wäre er eine Kulisse, nicht ein Ort. Die Mutter des Wunderkindes war eine junge Frau mit einem müden und doch angespannten Gesicht und zerlöcherten Schuhen; sie besuchte ihr Kind ein einziges Mal, mußte das Haus mit den Bildern des Wunderkindes besichtigen, den Garten und die Rosen, die in ihrem Duft zu versinken schienen. Die Mutter trug an ihrer schwarzen Lederjacke einen gelben Protestknopf mit der Aufschrift: «Kampf dem Kalk.» Das Wunderkind versteckte sich hinter einem Baum, als sie kam; es erkannte sie nicht gleich. Es würde sich später erinnern: Die Glocken der nahen Kirche läuteten; es klang wie ein dröhnendes Wehklagen, Wimmern und Jammern eines verwundeten Riesen. Die Nacht schlich schon herbei; einzelne Vögel riefen und trällerten später noch in der Dunkelheit. Die Tante schlief immer mit der Handtasche unter der Bettdecke; mit den Füßen berührte sie das Leder, denn sie wollte vor Dieben sicher sein. Die Mutter schlummerte in jener Nacht auf einem zu kurzen Kanapee; am Morgen sagte sie, alle Glieder täten ihr weh. Aber sie war es gewohnt, überall zu schlafen.

Sie frühstückten auf dem «Sitzplatz», wie die Tante den Boden vor der Glastür, die in den Garten führte, nannte. Die Mutter trank Kaffee und erzählte, daß sie einmal in der Woche einen Psychotherapeuten aufsuche, ein altes Männchen, das in einem großen Ohrensessel lehnte und nach jedem Satz, den die Mutter sagte, die Hände verwarf und rief: «Jesses Gott, wie schrecklich!» Dem Wunderkind fielen die wie lange Kratzer aussehenden Verletzungen an den Armen der Mutter auf; die Mutter antwortete auf seine Fragen, sie stammten von Dornen, doch die Tante wußte, daß es Tausende von Einstichen waren. Das Wunderkind brachte ein großes Stück Papier, das es von einer Rolle abgeschnitten hatte; es klebte das Blatt an die Hausmauer, schob ein Tischchen auf Rädern heran, holte in einer Büchse Wasser, nahm einen Eierkarton als Palette und tunkte die Pinsel in die Farben, die es ohne zu zögern auftrug: Acrylfarbe und Gouache. Zuerst malte es die Umrisse der Mutter mit Grau, dann das Gesicht, das von innen heraus aus helleren und dunkleren Flächen entstand. Die Augen wurden groß und schwarz und schienen den Betrachter des Bildes zu fixieren, der Mund war wie ein kleiner Krebs im Sand. Das Wunderkind malte um die Mutter herum zwölf Schutzengel wie weiße Flammen. Die Arbeit dauerte zwei Stunden, dann drehte sich das Wunderkind um und sagte mit einer kleinen Stimme: «Lärm habe ich nicht gemalt.»

Ich haßte ihn

Mein Nachbar Gerhard lag jeweils tagelang im Bett; er wollte mir weismachen, sein Rheuma hindere ihn am Aufstehen, aber ich ahnte, daß er es genoß, sich nicht zu bewegen. Er erstarrte zu einer Mumie. Seine Gedanken liefen langsam, und er hatte meist eine verstopfte Nase, schnappte plötzlich nach Luft. Er sagte einmal zu mir, er wohne nicht in der Sandwüste und nicht in der Schneewüste; seine Wüste sei leerer. Er haßte Veränderungen; jede Sekunde brachte Veränderungen des Lichts, der Bewegungen, der Gedanken, der Laute und der Gerüche. Aber um seinen Lebensunterhalt zu verdienen, mußte er sich manchmal bewegen: Er spielte an Beerdigungen Geige in Abdankungskapellen. Er liebte den gespannten Zustand nicht, in den er versetzt wurde, wenn er «etwas erledigen» mußte. Er fragte sich, ob eine Blume sich Mühe gab, zu blühen. Am meisten beneidete er Steine. Seine Frau hatte ihn verlassen; sie hatte sich in einen Mörder verliebt, der jauchzte, wenn er sie sah.

Mir fielen plötzlich Gerhards unanständig große Nasenlöcher auf, als er sich im Frauenspital auf der Geburtenabteilung über das Bettchen meines Neugeborenen beugte und behauptete, die kleinen Ohren wären noch nicht ganz ausgebildet. Ich haßte ihn.

Vom Recht, lebensuntüchtig zu sein

Benjamin war ein nervöser, magerer Mann mit einem einzigen, leuchtenden Auge. Er liebte Julie. Benjamin konnte Spiegelschrift schreiben, was für seine Arbeit als Angestellter eines Reinigungsinstituts nicht wichtig war. Er wohnte schwarz bei seinen Eltern in einer Alterssiedlung. Niemand der alten Leute wußte, daß er bei Vater und Mutter lebte; man dachte, er besuche sie oft. Er war wie ein Ballettänzer, der gerne fliegen möchte, dies aber nur mit angestrengter Beinarbeit ausdrücken kann. Als Kind hatte er Julie, seine kleine Spielgefährtin, dafür bezahlt, daß sie ihm die Füße kitzelte. Er sammelte Kunstkarten mit der Leidenschaft vermögender Leute, die Bilder sammeln. Er erinnerte sich täglich an einen Film, der hauptsächlich aus Schritten bestand: Schwarzgekleidete Menschen schritten durch weiße Räume, durch den Regen, über den Schnee und über Treppen. Benjamin las jeden Tag «Maigret». Er kannte alle Figuren: die wackeren Polizisten, die verdächtigen Ärzte, die braven Concierges und die Menschen, die aus verschiedenen Gründen zu Verbrechern wurden. Er freute sich bei jedem Buch, das er stahl, auf die Bekanntschaft mit neuen Personen; sie waren für ihn wirklicher als die Leute auf der Straße, die er vom Sehen kannte. Freunde hatte er keine: Der trinkfeste Kommissar Maigret war sein Freund. Benjamin schrieb Tagebuch: Die Augenblicke wurden festgehalten, damit er und die Zeit nicht zerflossen und versickerten; er hatte Angst, nichts greifen zu können.

Die Sonne stand tief; über dem Balkongeländer brannte sie, zwischen einem Hausgiebel und einer Birke, zum Zimmer herein in Benjamins einziges Auge. Es war Anfang September, sieben Uhr abends; nachdem die Sonne schon untergegangen war, floß aus ihr viel Gold und verteilte sich auf dem Himmel. Als das Gold erloschen war, blickte Benjamin, der auf einem Stuhl saß, immer noch wie gebannt aus der Glastür, die ein wenig offenstand. Er sah die Straße nicht, nur Dächer und Himmel, und er lauschte auf die Schritte der Menschen. Er wartete auf Schritte, die auf ihn wie eine helle, frohe, hüpfende Melodie wirken sollten. Endlich hörte er sie; er stellte sich Julie in ihrem roten Kleid und mit den großen Ohrringen vor, die bald bei ihm erscheinen würde. Als sie noch die Schule besuchte, hatte sie einen Aufsatz mit dem Titel: «Vom Recht, lebensuntüchtig zu sein» geschrieben.

Philo und der Geiger

Philo hatte nicht damit gerechnet, daß die Krankheit, die einen schleichenden Verlauf nahm, ihre Schönheit angreifen würde, aber die Krankheit knetete Philos Gesicht um und um: Dort, wo die Wangen gewesen waren, gab es nun Löcher. Wer Philo als Zwanzigjährige gekannt hatte, empfand sie jetzt als stark verändert, erschreckend fremd; sie war siebenundzwanzig, schon gealtert, mit welken Brüsten. Ihr Haar war dünn geworden; sie ließ es vom Friseur kurz schneiden und kupferrot färben.

Die Sonne, eine goldene Hand, segnete die Erde, obwohl es noch nicht Sommer war. Der Rasen vor dem Mietshaus, der zur Wiese verkommen war, wie sich der Hauswirt unpassend ausdrückte, wurde gemäht: Das Wiesenschaumkraut, die Gänseblümchen, der Löwenzahn und die Katzenäuglein fielen um. Am Rand des Rasens blühten noch einige Blumen, die nicht gefällt worden waren, wie Philo dachte. (Seit dem Ausbruch ihrer Krankheit benützte sie drastische Ausdrücke.) Sie hängte sich ihre Tasche um und fuhr mit der Straßenbahn in die Stadt.

Am Straßenrand stand wie jeden Tag der Geiger; sein Haar und seine Augen waren nicht allzu schwarz, aber Philo war der Meinung, er könne nur Zigeuner sein; dieses geschmeidige Geigenspiel, in dessen Bann sie geriet, war nicht in einer Akademie erlernt worden. Der Junge spielte mit halboffenem Mund, die Augen etwas zusammengekniffen; er trug eine schwarze Lederjacke und war mittelgroß, eigentlich unscheinbar; hätte er Philo, ohne daß sie von seiner Geige wußte, gebeten, mit ihm Minigolf spielen zu gehen, hätte sie abgelehnt. (Sie spielte früher, als sie noch gesund war, mit ihrer Freundin oft Minigolf in einer großen Halle; deren Betondecke war hellblau gestrichen, mit weißen Wölkchen; überall standen exotische Blattpflanzen, auf Schaukeln, die an der Decke hingen, saßen krächzende Papageien, Kinder fuhren mit kleinen Automobilen umher, an einer Wand stand ein Klavier, auf dem nie jemand spielte, Leute saßen schwatzend an weißen Tischchen und tranken etwas, und irgendwo plätscherte ein Springbrunnen. Die Halle schien wie das Leben selbst: Dachte man sich die Pflanzen, die Papageien, die Deckenbemalung weg, war sie nur ein kahler, unfreundlicher Ort, an dem man gezwungen war, einen kleinen Ball auf immer schwierigeren Wegstrecken etappenweise zum Ziel zu bringen.)

Wie die Halle ohne Zierat, so dachte sie sich den Jungen wieder und wieder ohne Geige; sie hätte ihn nicht beachtet. Mit einer Art mütterlichem Wohlwollen beobachtete sie, wie Passanten Geld in seine Mütze warfen; besonders ältere Frauen schienen von seinem Spiel ergriffen zu sein.

Im Radio wurde bekanntgegeben, eine Kältewelle wäre zu erwarten: «Schnee bis in die Niederungen.» Philo dachte an ihren Geiger, befürchtete, ihn nicht mehr zu sehen, da er mit klammen Fingern gewiß nicht spielen könne. (Sie dachte sich Lebensumstände für ihn aus, die ihn entzauberten: Er war beispielsweise in einem Vorort geboren, war in der Musikakademie Musterschüler und wohnte mit seiner blutjungen Frau, die schwanger war und Umfragen für ein Meinungsforschungsinstitut durchführte, in einer Dreizimmerwohnung.) Der Himmel überzog sich mit grauen Wolken, und es fiel Regen, vermischt mit winzigen Hagelkörnern. Philo fuhr wie immer am Nachmittag mit der Straßenbahn in die Stadt.

Der Geiger stand nicht an seinem Platz. Sie kehrte bald zurück, suchte vor der Haustür ihre Schlüssel in der Umhängetasche und in den Säcken der Jacke, ohne sie zu finden, geriet in Panik, drückte auf sämtliche Klingelknöpfe, doch niemand öffnete. Den nassen Schirm hatte sie gegen den Türpfosten gelehnt. Ihre Zähne begannen zu klappern, und sie zitterte am ganzen Körper; die Krankheit hatte ihr vor der Tür aufgelauert, um sie zu überfallen. Der eisige Regen fiel dichter.

Der Schal

Marita lebt eigentlich nicht mehr, wohnt in einer großen Einsamkeit, die sie nur erträgt, weil sie einen Pianisten durch ihr Fenster und durch sein Fenster von hinten sieht; sein feuerrotes Haar leuchtet. Er bearbeitet jeden Tag die Tastatur des schwarzen Flügels, aber sie hört keinen Ton, denn sein Fenster bleibt immer geschlossen. Marita strickt für den Pianisten einen langen, breiten Schal, den sie nach vielen Arbeitsstunden in Seidenpapier einwickelt. Sie will mit dem Paket unter dem Arm die Straße überqueren und gerät in eine große Menschenmenge, die demonstriert oder ein Fest feiert. Sie zieht den Trägerriemen ihrer Anhängetasche über den Kopf, denn es sind schon Entreißdiebstähle vorgekommen. Da der Riemen kurz ist und die Menschen sie von allen Seiten bedrängen, wird sie fast erdrosselt; der Riemen schneidet in ihren Hals und würgt sie. Sie versucht ihn über ihren Kopf nach oben zu zerren, um sich zu befreien. Ihre Brille wird vom Riemen von der Nase gerissen, fällt auf den Asphalt und wird von den Menschen zertrampelt. Marita drückt die Tasche und den Schal im Seidenpapier gegen ihre Brust und erreicht schließlich die andere Straßenseite, wo sie an einer Haustür klingelt. Sie sieht den Pianisten, der nach längerer Zeit öffnet, verschwommen, da ihr die Brille fehlt; sie folgt ihm eine Treppe hinauf und betritt ehrfürchtig das Zimmer mit dem Flügel. Marita weiß später nicht mehr, ob sich der Pianist für den Schal bedankt hat. Er hat aber erklärt, im Nebenzimmer liege schon seit Jahren seine kranke Frau: «Alles schmerzt sie, der ganze Körper, sogar die Haare.»

Marita besucht nun den Pianisten jeden Abend und hört ihm beim Üben zu, aber sie will seine Frau nicht sehen. Sie stellt sich vor, die Kranke liege in einer schmalen Kammer in einem weißen Eisenbett; an der Wand hinge ein kleines, von einer Nonne gemaltes Bild, das ein Kind mit zu großen Schuhen zeige. Marita erkundigt sich, wie denn die Krankheit begonnen habe; der Pianist antwortet, seine Frau habe jeden Gegenstand fallen gelassen und danach immer verzweifelt geschrien, sie wolle doch alles richtig machen. Marita vergißt nichts von den Gesprächen, die sie mit dem Pianisten führt. Ihr fällt auf, daß sie sich oft widerspricht; vielleicht hält er sie deshalb für eine Lügnerin. Marita weiß, daß sie schon seit Jahren nicht mehr schön ist; ihr Gesicht ist schwammig geworden, ebenso ihr Körper, und ihre einst vollen Lippen sehen aus, als habe sie sie eingesogen. Ihre neue Brille hat einen goldenen Rand.

Einmal kocht der Pianist Porridge, den sein Großvater immer gegessen habe; es handelt sich um einen grauen Kleister, den Marita und der Pianist in der Küche stumm hinunterwürgen. Die Katze des Pianisten, die unförmig ist und, so findet Marita, einen enttäuschten Gesichtsausdruck hat, wurde vor Jahren operiert; der Tierarzt entfernte einen mandarinengroßen Tumor aus ihrer Brust. Seither sagt der Pianist jeden Tag laut: «Wir wollen froh sein, daß sie noch lebt; vielleicht ist es nur ein letztes Aufflackern ihrer Kräfte.» Da Maritas innere Welt größer ist als ihre äußere, bemüht sie sich, sie unter Verschluß zu halten, denn sie glaubt, ein Hervorbrechen dieser Welt würde für sie und den Pianisten eine Gefahr bedeuten, aber in ihren Träumen spricht sie oft und laut, erwacht im finsteren Zimmer und hört die Schritte des Pianisten, die sich entfernen. Dann weint sie.

Marita kauft jeden dritten Tag eine weiße Lilie für den Pianisten; er stellt sie in einer hohen Glasvase auf den schwarzen Flügel; die Blume zittert ein bißchen, wenn seine Musik durch den Raum donnert. Alles, was Marita hört, scheint von ihm selber komponiert zu sein; wenn er seine unglaublich dicken Finger über die Tasten schleudert, stöhnen die Gegenstände im Zimmer. Auch wenn er vom Blatt abspielt, tönt es nie wie Beethoven oder Chopin, was Marita bedauert. Marita wundert sich, daß der Pianist bei heißen Schwüren oder im Schmerz mit der rechten, für einen Pianisten sehr fleischigen Hand auf ein imaginäres Herz in seiner rechten Brust klopft; sie selber kann sich nie täuschen, sie spürt immerzu, wo sich ihr Herz befindet.

Eines Tages, als des Pianisten Finger wie Trommelschlegel über die Tasten gewirbelt sind, steht er plötzlich auf, fegt die Vase mit der Lilie vom Flügel, was Marita als Hausfrau sehr bestürzt, greift nach dem langen, breiten Schal, der über der Lehne eines antiken Stuhls (Louis Philippe) hängt, schleudert ihn gegen Marita und schreit: «Wer hat Ihnen erlaubt, mir einen Schal zu stricken? Verschwinden Sie aus meinem Leben!» Seine Nüstern beben, bleiben dann starr und weit offen, sein Gesicht ist weiß. Marita wankt die Treppe hinunter; am meisten leidet sie, weil er zu ihr «Sie» gesagt hat; nach vielen Gläsern Ricard durfte sie doch Maurus zu ihm sagen und ihn duzen. Er nannte sie nie beim Namen, duzte sie aber von Anfang an. Als Marita auf die Straße tritt, bimmelt eine Glocke, füllt wie das Wimmern eines Sterbenden die späte Abendstunde. Sie betet zu den Heiligen, die sie als Kind im Religionsunterricht kennengelernt hat und von denen einige von der Kirche beim letzten Konzil abgesetzt worden sind, was sie aber nicht weiß. Der Mond am

Himmel gleicht einem gelben Ballon, aus dem ein wenig Gas entwichen ist, und der Stern über ihm sieht so akkurat wie das leuchtende Zifferblatt ihres Weckers aus; das ist beinahe tröstlich.

Richard

Wenn Richard zu seinem Freund nett sein wollte, fragte er beispielsweise: «Darf ich deine Haarbürste aus dem Seifenwasser im Lavabo nehmen, wenn ich meine Zähnchen putze?» Mit der Verkleinerungsform «Zähnchen» wollte er ihn entzücken, milde stimmen, zärtliche Gefühle und Gedanken übermitteln und von ihm für sich erflehen.

Eine schreckliche Disziplin zwang die Bewohner des Hauses im Hinterhof, das wahrscheinlich früher eine Fabrik gewesen war, hinter pechschwarzen Scheiben zu wohnen; die Fensterrahmen waren weiß gestrichen. Zwei Kirchenglocken schlugen die Stunden; eine mit einem hohen, die andere mit einem tiefen Ton. Ein Blumenstrauß, den der Freund für Richard gekauft hatte, stand auf dem Tisch in einer kompliziert geformten Vase; über eine gelbe Blume war eine durchsichtige Plastikglocke gestülpt. «Die Blume muß eine Krücke haben», dachte Richard; er liebte diese Blume nicht.

Richard stammte aus einem Dorf auf einem Hügel und hatte mit seinem tauben Vater, dessen kalte, harte Augen auffielen, zusammengelebt. «Es summte dort nur so von Bienen, und alles war irgendwie klebrig», erzählte der Freund seinem Schneider. (Er wollte hinzufügen: «Richard schwebte wie ein Engel über einem Misthaufen», unterließ es aber.) Richard ließ seine Anzüge nun auch vom Schneider anfertigen; beide warteten jeweils viele Wochen auf die kostbaren Maßarbeiten; der Schneider erfand immer neue Ausreden, weshalb er seine Kunden nicht rasch genug beliefern konnte.

Die Ausrede, über die Richards Freund am meisten lachte, lautete: «Ich hatte meinen Kopf eingeklemmt.»

Richard konnte erst trinken, seit er Alkohol in großen Mengen zu sich nahm. Der Freund rief erstaunt und belustigt, wenige Tage, nachdem er Richard kennengelernt hatte, er könne ja nicht trinken und müsse noch lernen, ohne Geräusch und nicht so mühsam zu schlucken. «Oft kommt beim Schlucken viel Luft in die Speiseröhre, so daß es schmerzt, als versuchte ich, eine Billardkugel hinunterzubekommen», erklärte Richard jammervoll in die leere Luft hinein.

Aber Richard entwickelte sich schnell, seit er seine Halszäpfchenverkrampfung besiegt hatte; er aß nun auch scharf gewürzte Speisen, nicht nur Apfelmus und Grießbrei, kaufte wie sein Freund rahmengenähte Schuhe für wenig Geld im Brockenhaus; sein Freund liebte altes Leder, das er sorgfältig pflegte. Richard baute eigenartige Musikinstrumente und schrieb, selten zwar, seinem Freund Briefe in Spiegelschrift, die dieser nur im Spiegel lesen konnte.

Richard kaufte ein, kochte am Abend und wusch einmal in der Woche ab. Der Freund arbeitete den ganzen Tag in einem Bestattungsunternehmen in einer Ortschaft, die er mit dem Zug in einer halben Stunde erreichte; das Arbeitsamt hatte ihm die Stelle vermittelt. Er sprach gedämpft mit schwarzgekleideten Menschen und aß in einem Restaurant. Wenn er am Abend nach Hause kam, liebten sie sich. Richard war überzeugt, daß er zwischen sich und dem Freund, der zwanzig Jahre älter war, nur einen Kontakt herstellen konnte, wenn er seinen Körper spürte, denn Richard sprach selten mit ihm, hatte Mühe, die passenden Wörter zu finden; es schien, als gäbe es sie nicht, und wenn er doch welche aussprach, waren es nicht die richtigen, und es entstand eine große Verzweiflung. Der Freund fand Richard schön: Seine Haare waren ebenso blaß wie seine Haut, die Augen groß und schattenblau.

Richard trank, wenn er allein war, süße Schnäpse, Likör, wie sie Witwen ihren kleinen Enkelinnen anbieten. Eines Tages ereignete sich etwas Seltsames: An der Decke und an den Wänden der Küche krochen unzählige hellbraune, kleine Würmer (mit einem rosa Schimmer), und Flöhe hüpften auf dem Kanapee, auf dem Teppich und auf Richard umher. Es kitzelte ihn am ganzen Körper, auch auf dem Kopf; wenn er einen Floh, der auf seinem nackten Arm saß, mit dem Daumennagel zerdrücken wollte, war dieser schneller und nahm Reißaus. Richard duschte, Richard sprayte Gift – nichts half. Manche Würmer hingen an einem Faden von der Decke herunter. Plötzlich entdeckte Richard kleine Falter, Schaben vielleicht; sie befanden sich im Küchenschrank oder flogen zu Hunderten durch die Wohnung. Der Freund war schon seit Tagen nicht mehr nach Hause gekommen; er hatte eines Abends geschrien: «Du widerst mich an, du hast das Ungeziefer von deinem stinkenden Misthaufen im Dorf mitgebracht!» Richard war in Ohnmacht gefallen und noch ein wenig liegengeblieben, als er schon wieder bei Bewußtsein war; er staunte, daß sein Hinterkopf nicht schmerzte. Der Blumenstrauß auf dem Tisch war welk; endlich durfte er die gelbe Blume mit der Plastikglocke in den Abfalleimer werfen.

Eines Nachts, als Richard erwachte, stand ein Mann, der bis zur Decke reichte, im dunkeln Zimmer, kehrte ihm den Rücken zu und rauchte. Weil Richard aus Angst die Nachttischlampe anknipste, verschwand der Mann. Am Morgen sah Richard durchs Fenster auf dem flachen Dach des Hinterhauses einen Mann stehen, der rauchte und ihn anblickte. Richard zupfte an den acht Schnüren mit den Bleikügelchen, die gegen die acht Saiten eines der merkwürdigen flachen Musikinstrumente schlugen, die er gebaut hatte und die an den Wänden hingen; ein zartes Klingen ertönte, als sänge ein sanfter Wind. Er getraute sich nicht, den Floh zu zerdrükken, der über seine Wange lief.

Zufluchtsort

Es ist ein Abenteuer, die Straße zu betreten; es begegnen einem Gesichter, jedes in Einzelausfertigung, also einmalig, erstaunlich. Es gibt Gesichter, die versetzen Pius in Wut. Da sieht er Borniertheit, Verklemmtheit, Engstirnigkeit. Am liebsten betrachtet er Kindergesichter.

Eine alte, dicke Frau sitzt in der Straßenbahn und kaut auf einem Kirschenstiel. Eine andere Frau sagt zu ihrer Banknachbarin: «He Sie, hallo, Sie: Ich will sterben!»

Am frühen Morgen scheint die Stadt von innen heraus zu strahlen, doch schon um neun Uhr ist der Himmel welk, das Licht fahl. Pius fährt mit der Straßenbahn, ab und zu macht er eine Eintragung in sein Tagebuch: «Jetzt, da Rosmarie sich umbringen wollte, versucht meine Mutter wieder wie früher, meine Persönlichkeit aufzuweichen. Sie kauft mir Kleidungsstücke, die mir nicht gefallen. Sie will unsere Wohnung neu einrichten. Sie will mich öfter sehen.»

Beunruhigt nimmt Pius Veränderungen an sich wahr: Seine Augen sind plötzlich weiter geöffnet, in seinem Kopf breitet sich eine Art Lärm aus, und das Tageslicht ist für seine Augen zu grell. Er ist geschwätziger geworden. Sein Gesicht ist fast durchsichtig, sein Bauch weniger dick.

Pius trägt immer Altmännerkleidung: eine graue Hose, die von Hosenträgern bis über den Bauch gezogen wird, einen grauen Kittel mit grauen Flicken an den Ellbogen. Wenn er locker ausschreitet, schubst er mit dem rechten Fuß von Zeit zu Zeit Kieselsteinchen davon, die auf dem Trottoir liegen. Nach dem Selbstmordversuch seiner Frau mußte er am meisten darüber weinen, daß sie am Tag, bevor sie die Schlafpillen schluckte, noch beim Coiffeur gewesen war und sich eine Dauerwelle machen ließ. Und daß er Meersalz für ihr Bad gekauft hatte – gegen ihren Rheumatismus. Aber sie hatten Streit gehabt; er war in die Straßenbahn eingestiegen, und Rosmarie stand auf dem Trottoir, drückte den Knopf der Tür, die deshalb nicht automatisch schließen konnte, und zeterte, weswegen er sich vor den Leuten schämte. Es ging um Geld, immer um Geld. Sie brauchte Unmengen davon, während er genügsam war. Der Chauffeur schimpfte nach einer Weile, denn er konnte nicht abfahren, solange Rosmarie den Knopf drückte.

Die Straßenbahn ist Pius' Zufluchtsort. Er muß nicht arbeiten, da er ein kleines Vermögen geerbt hat; so fährt er täglich stundenlang mit der Straßenbahn, um seiner Frau zu entgehen.

Am Krankenbett, in dem Rosmarie kurze, jammernde Laute ausstößt, muß er versprechen, sich nicht mehr in die Straßenbahn zu flüchten. Er wird sein Versprechen nicht halten, kann nicht zulassen, daß Trübsinn sein Herz erfüllt.

Der Sieche will in der Sauberkeit liegen

Christina verkaufte auf dem Flohmarkt alte Bücher. Sie führte einen heimlichen, verbissenen Kampf, um die Wohnung, die sie mit dem Süchtigen teilte, nicht verkommen zu lassen, denn der Kranke hatte einmal gesagt: «Wenn man dahinsiecht, möchte man gern in der Sauberkeit liegen.» Christina bog Löffel wieder gerade, rieb an der Unterseite die Schwärze ab, putzte im Badezimmer jeden Tag mehrmals Blutflecken weg, zog blutige Nadeln aus dem Teppich, fand gebrauchte Spritzen hinter Sofakissen, zwischen Polstern und in halboffenen Schubladen und sammelte blutige Papiertaschentücher und Kleidungsstücke auf. Die Leintücher waren durchlöchert, der Teppich versengt, da der Kranke oft «wegkippte», wie er sagte, und die brennende Zigarette fallen ließ. Diese Absenzen waren für Christina das Schlimmste: Wenn sie eintraten, fühlte sie sich von ihm allein gelassen; er ignorierte sie rücksichtslos. Manchmal durfte sie nicht staubsaugen, da der Süchtige argwöhnte, Kokain läge auf dem Teppich. Er kroch die ganze Nacht auf dem Boden herum, hielt eine brennende Kerze in der Hand und suchte. Die Fensterläden waren schon um vier Uhr nachmittags geschlossen worden, doch er befürchtete, seine Feinde würden ihn mit einer Spezialkamera aus dem gegenüberliegenden Haus fotografieren. Manchmal riß er alle Kleider aus dem Schrank und warf alle Bücher auf den Boden, um ein Kokainbriefchen, das er vermißte, zu suchen. Dann beschuldigte er schreiend und weinend Christina, es gestohlen zu haben.

Wenn Christina in der Nacht erwachte und die Toilette

aufsuchte, sah sie ihren Freund schlafend auf dem Kanapee im Wohnzimmer sitzen, während eine kleine Spotbirne ein grelles Licht verbreitete. Er war zu schwach, um den Weg zu seinem Bett zu schaffen, und obwohl er sehr mager war, konnte sie ihn nicht stützen und begleiten, denn sie war nicht kräftig. Manchmal öffnete er die rotgoldenen Augen und blickte sie an. Sein Bauch war dick; die Milz war bis zu seinem Herzen hinaufgewachsen. Er schluckte zwei Morphiumtabletten am Tag gegen die Schmerzen; Christina mußte sie jeden Morgen bei seinem Arzt holen. Der kleine, hübsche Dealer, der vielleicht kein Türke war, wie er vorgab, brachte das Kokain jeden Abend punkt sieben Uhr. Wenn er später kam, telefonierte er. Der Kranke verpackte den Stoff, den er mit Traubenzucker oder einem Abführmittel für Säuglinge streckte, in kleine Briefchen, die zu falten Christina half, denn seine Hände zitterten. Deren Käufer kamen von morgens elf Uhr bis nach Mitternacht. Sie hockten überall und spritzten sich die Droge. Durch den Verkauf deckte der Süchtige seinen Eigenkonsum; wenn er sich das Kokain gespritzt hatte, fühlte er sich manchmal fast gesund. Christina servierte kalte Getränke.

Oft verstand Christina ihren Freund nicht, denn er sprach undeutlich, da ihm alle Zähne ausgefallen waren. Christina dachte: «Es gibt Menschen, denen man einen weißen Stock in die Hand drückt und sie mitten hinein in die Finsternis stellt.»

Die Katze

Der alte Herr Weinwisch und Franziska, die junge Frau, bücken sich und streicheln die Katze. Die Katze hat einen kleinen Kopf und blaue, schielende Augen. Franziska findet plötzlich, sie sehe wie ein Äffchen aus. Die Katze ist ein Geschenk von Herrn Weinwisch, der ständig Koffer kauft; er besitzt schon achtzehn Stück. Er wohnt überall und nirgends. Er hat eine Augenoperation hinter sich; der Arzt, dem eine Frau assistierte, die Herr Weinwisch für die Putzfrau hielt, sagte während der Operation dreimal «pflupp», jedenfalls konnte er die künstliche Linse nicht ins Auge einsetzen. Herr Weinwisch muß nun mit Hilfe einer Lupe lesen.

Die Sonne scheint durch die Bäume ins Zimmer. Die Katze beobachtet gebannt die sich bewegenden Schatten- und Lichtflecken auf dem Schrank. Ihr Schnurren erfüllt den Raum wie ein leises Motorengeräusch.

Franziska hat sich ein kleines Reich errichtet. Sie liebt jedes Ding, läßt es liegen oder stehen und wischt nie Staub, um nichts zu verändern; die Unordnung verwandelt sich unter ihrem Blick zu einer Ordnung, die niemand außer ihr wahrnehmen kann. An den Wänden hängen Fotografien aus ihrer Kindheit. Sie hat die ursprünglich kleinen Fotos durch einen Apparat, der in der Bahnhofshalle steht, vergrößern lassen. Sie lebt wie ein Vogel im Nest, ist umgeben von kleinen, weißen Federn, die überall aus dem Kopfkissen und dem Federbett quellen, in die sie mit der Zigarette Löcher gebrannt hat. Die Federn schweben im ganzen Zimmer umher, weil der Wind zum Fenster hereinbläst. Die Katze versucht, die

Federn zu fangen, jagt durch den Raum. Franziska erzählt Herrn Weinwisch, den sie vor zwei Wochen im Bahnhofsbüffet kennengelernt hat: «Ich habe meinen Vater verschluckt; er liegt mir schwer auf dem Magen: Ich muß ihn Stunde um Stunde bekämpfen – mein Leben besteht aus diesem Kampf.» Herr Weinwisch lacht meckernd. Plötzlich kriecht die Katze unter den Schrank, beginnt durchdringend zu schreien und zu heulen; ihre Haare sträuben sich, und sie zittert. Franziska und Herr Weinwisch versuchen, sich ihr zu nähern; sie faucht und knurrt. Herr Weinwisch setzt sich auf eine rote Kiste in der entferntesten Ecke des Zimmers und schaut durch seine Lupe nach der Katze. Franziska, weiß im Gesicht, ruft: «Mein Vater ist in die Katze hineingefahren!»

Ronalds Bahnhof

Damals, als Ronalds Freund, der heute nur noch ein selten im Türrahmen erscheinender Bekannter auf der Durchreise ist, in der Nacht auf dem Bahnsteig unter dem gewölbten Glasdach mit seiner Braut Walzer tanzte (sie stand barfuß auf den Schuhen ihres Bräutigams; ihr krauses Haar funkelte), sagte Ronald leise: «Ein solches Frauchen möchte ich einmal haben.»

Ronald bewohnt jetzt in der Nähe dieses großen Bahnhofs, der so gebaut ist, daß der Wind nie über die Gleise pfeift, ein Dachzimmer. In seiner Freizeit hält er sich mit Stadtstreichern und Säufern beim Kiosk auf, wo man sitzen kann. Die Mädchen, die er bis jetzt kennenlernte, waren meist Ausreißerinnen; sie ließen sich von ihm zu einem Bier oder Kaffee einladen und folgten ihm manchmal in seine Kammer, um ein Bett für die Nacht zu haben. Er erinnert sich an ein dünnes Geschöpf mit langen Gliedern, das in einer Winternacht in seiner kalten Behausung die Namen der Eisheiligen in der richtigen Reihenfolge aufzählte.

An einem Frühlingsmorgen muß Ronald als Zeuge vor Gericht erscheinen. Ein Schulzimmer ist durch eine hufeisenförmige Theke, hinter der die Gerichtspräsidentin, der Gerichtsschreiber und der Staatsanwalt vor ihren Akten sitzen, und mittels zweier Säulen, die vortäuschen, die Decke zu stützen, in einen Gerichtssaal verwandelt worden. Ronald trägt zur Tarnung eine große, schwarze Sonnenbrille, denn er fürchtet die spätere Rache des Angeklagten. Ronald kann den Täter durch die alles verdunkelnden Augengläser aber nicht erkennen, beteuert mehrmals, der Räuber sei blaß gewesen, sehr blaß, nicht braunhäutig wie dieser Mann. Gern hätte er hinzugefügt: «Und er hat die Lippen nicht so unverschämt gekräuselt.» Erst als Ronald den Gerichtssaal verläßt und die Sonnenbrille abnimmt, wird ihm klar, daß er soeben dem Kerl, den er hinter Gitter bringen wollte, weil er Ronald, der als Gabelstaplerfahrer nicht viel verdient, den Wochenlohn entrissen hatte, zu einem Freispruch verholfen hat. Wütend stapft Ronald zum Bahnhof, sucht aber nicht seine Zechkumpane beim Kiosk auf, sondern setzt sich ins Bahnhofsbüffet, wo echte Reisende auf die Abfahrt ihrer Züge warten und kein Fernweh oder Heimweh mit Alkohol zuschütten müssen. Ronald bestellt eine Flasche Rosé, den er in kleinen Schlucken trinkt und abscheulich findet. Ein Russe, der aussieht, als gehe er nachher mit dem Hut in der Hand von Tisch zu Tisch, spielt Handharmonika.

Ronald, der immer mehr in sich zusammensinkt, sieht die Worte: VACUUM, SAUERSTOFF, DRUCKLUFT deutlich an einer weißen Wand; ihn dünkt, er habe soeben lesen gelernt. Im Bett liegt die Mutter, sterbend oder tot, Ronald weiß es nicht. Das Kind Ronald reißt in der Mitte seiner linken Handfläche einen Fetzen Haut weg und nennt den kleinen, roten, brennenden Fleck bei sich: «Wundmal». Ronald fügt sich auch in der rechten Handfläche und, einige Stunden später in seinem Kinderzimmer, an beiden Fußsohlen Wundmale zu. Wundmale zeigt man niemandem. Immer, wenn sie fast verheilt sind, sorgt Ronald für neue.

Rauch hängt im hohen Raum, das Licht ist trüb, der Rosé leergetrunken. Der Russe hat die Handharmonika schon vor einer Weile fortgetragen, der Kellner, der bei Ronald einkassiert, scheint aus feuchter Pappe zu sein. An einem Tisch bei der Drehtür sitzt ein Mädchen und umschließt mit beiden Händen die Kaffeetasse. Seine schwarzen Augen erinnern Ronald an nichts, aber er steht auf, begibt sich an den Tisch der kleinen Streunerin – der ersten, der er in diesem Jahr begegnet – und fragt, ob er sich setzen dürfe. Sie schürzt die Lippen, was bei Ronald eine unangenehme Empfindung auslöst, da er den widerlich gekräuselten Mund des Verbrechers im Gerichtssaal vor sich sieht. Ronald bleibt stehen, bietet dem Mädchen keine Bleibe für die Nacht an, sondern erklärt knapp, die Polizei räume den Bahnhof, bevor er für drei Stunden geschlossen werde. Dann geht er in gerader Haltung zur Drehtür hinaus und überquert den nächtlichen, leeren Bahnhofsplatz mit dem beleuchteten Springbrunnen und den nett gruppierten Stiefmütterchen im Rondell, um sein Dachzimmer aufzusuchen.

Die goldene Uhr

Die alte Nina war sehr fromm, und ihr Glaube glich einer Hand, die ihr Gesicht zudeckte. Ihr Gesicht war eine Blume wie eine Säuglingswange; sie blühte aber nur für Gott, kein Mensch durfte sich an ihr freuen, deshalb klebte diese graue, welke Hand darüber, doch wer genauer hinsah, bemerkte das durchschimmernde Rosagesicht.

Nina sprach mit sich selber. Sie redete außergewöhnlich viel, denn, so erklärte sie sich, ein weit entfernter, deshalb kleiner Gegenstand könne nur sicher getroffen werden, indem man nicht nur einen einzelnen Stein, sondern eine Handvoll Steine nach ihm werfe. Der weit entfernte Gegenstand war «die Wahrheit», ein Wort, das sie ebenso klagend aussprach wie «Tand und Wollust».

Sie war Witwe und besaß zwei Söhne, die in andern Städten wohnten. Der ältere war ein stiernackiger Mensch, Kassierer in einer Bank, am Sonntag Porträtist von Frauen, die er als Pferde und Baßgeigen malte. Der jüngere, ein schmächtiges Bürschchen mit Himbeerlippen, das ein struppiges Bärtchen trug und so einem Heinzelmännchen glich, huschte von Bankett zu Bankett, um den stets knurrenden Magen zu füllen und für einige Zeitungen Berichte über Kaninchenausstellungen und Schulhauseinweihungen zu verfassen.

Während Nina an den Häusern entlangschlich, stießen die Menschen gegen sie, aber die graue, welke Hand auf ihrem Gesicht bewegte sich nicht, nur die Lippen klappte sie auf und zu, doch achtete niemand auf ihre Worte. Sie flüsterte: «Als ich ein junges Mädchen war, las ich viele Bücher. Ich fragte mich, ob es angebrachter sei, Reinheit oder Weisheit zu erstreben, und da mir schien, es sei weise, rein zu sein, entschloß ich mich, Weisheit zu erlangen. Dazu brauchte ich Gott nicht – ich warf Ihn fort. Später suchte ich Ihn und fand Stücke von Ihm hier und dort. Ich setzte Ihn zusammen, so gut ich es vermochte. – Nun aber» – ihre Lippen verzogen sich zu einem schlauen Lächeln, so daß ihr Gesicht einer sich öffnenden Ledertasche glich –, «nun aber leide ich so viel, daß ich rein werde. Mein Gesicht unter der dunklen, strengen Haut wird weißer werden als die Wolken, glänzender als Gold.» (Sie stellt sich jedes Wort vor, das sie aussprach: «Gott» und «Ihn» sah sie verschnörkelt und in Goldbuchstaben.)

Nina durchquerte die Stadt zu Fuß, um an den Fluß zu gelangen. Die Einsamkeit wehte aus ihr wie ein kalter Wind und schob alle Gegenstände von ihr fort: die graugrünen Wolken, die schräg aufwärts in den rötlichen Himmel flogen, und den harten Schnee auf den Dächern. Einen Baum, der wie ein Betrunkener gegen eine Hauswand lehnte, und ein rotweißes Verkehrszeichen, das wie ein dickes Gesicht durch eine Gasse leuchtete. Schatten, die am Boden lagen, und vermummte Gestalten, die einen Weg hinunterliefen.

Nina wollte eine goldene Uhr im Wasser versenken, da «Tand» ihr gefährlich erschien. Als sie die letzten Häuser hinter sich gelassen hatte, war es Abend. Berge, auf deren Stirnen der Schnee wie kühle Kompressen lag, schienen zu schlafen. Trotz der kalten Jahreszeit stand ein Gewitter bucklig am Eingang des Tales. Die Sonnenstrahlen, die sich hinter seinem Rücken hervordrängten, wirkten aus einem unersichtlichen Grund blasphemisch; man schämte sich, sie zu sehen, und wünschte, das Gewitter möge näher treten und seinem Zorn freien Lauf lassen. Ein Dutzend von jenen Tieren, von welchen man glaubte, sie seien ausgestorben, besammelte sich auf der Brücke. Nina dachte, es seien Teufel, und betrachtete sie aufmerksam. Weder der Himmel noch der Fluß spiegelten sich in den Augen der fremdartigen Wesen, niemand konnte ihre Gesichtsfarbe erkennen, und wer sie sah, vergaß sie wieder. Auf ihren Rücken lagen Blätter und Äste, als wären sie gebeten worden, sich zu tarnen. Sie hielten Uhren in den behaarten Händen, blickten jedoch nie darauf und vermieden es zu reden, wodurch sie das Bild einer Apathie boten, die nicht einmal ein Stein besitzt, von dem wir nichts erwarten. Sie waren teilnahmslos wie der Rücken, den uns ein Mensch in der Telefonkabine zuwendet, vorgebend, er suche im Adressenverzeichnis einen Namen, während er weint.

Nina betrat die Brücke, schob den zu langen Ärmel ihres Mantels zurück, nahm die Uhr vom Handgelenk und warf sie über das Geländer. Die Tiere sahen das Gold blinken und sich mit dem schwarzen Wasser mischen. Sie entfalteten Flügel und fielen wie Selbstmörder in die Wellen, denn die Flügel waren, wie Nina verwundert feststellte, zu kümmerlich, um sie zu tragen.

Regen und Wind verwischten die fernen, hohen, weißen Häuser der Stadt. Es donnerte. Nina zog ihre Wollmütze in die Stirn und rieb die Hände, an welchen sich die Kälte festgebissen hatte. Sie hatte geschwollene, glänzende Fingerbeeren mit zerkauten Nägeln. Ihre kleinen, rotblauen Augen tränten. Sie schob beim Gehen Steine mit der Schuhspitze vor sich her und bot das Bild einer widerwärtigen, kindischen Alten. Sie erinnerte sich der Tiere nicht mehr, die um die Uhr kämpften und die Uhren in den Händen trugen. Als sie schrille Schreie hörte, wandte sie sich um und sah, daß der Fluß über zappelnde, schwarze Lebewesen kroch und auf ihnen lag, bis sie erstickten. Sie wunderte sich darüber und betete, Gott möge die ihr unbekannten Ertrinkenden retten, doch tat er dies nicht. Sie spürte Gott, wie ein einschlafendes Kind die Puppe fühlt, die neben ihm im Bettchen liegt. Langsam, mit mahlenden Kiefern, schlurfte sie davon. Das nasse, graue Haar klebte auf ihren Schultern.

Dunkelheit, Regen und Wind glichen einer klebrigen Masse. «O du Franziskanerseele», murmelte Nina, denn sie sah das lange, lachende Gesicht ihres verstorbenen Gatten. Er bleckte die Zähne und sang mit heller Stimme, alle Vögel seien schon da, alle, alle, alle. «Ich war unfreundlich zu dir», sagte Nina, «unser schwarzgelockter Pensionär hatte mir die Sinne getrübt. Erinnerst du dich, als du mir zum Geburtstag eine wunderschöne Pfanne schenktest und ich in Tränen des Zorns ausbrach, statt dir zu danken? Ich eitles Ding hatte Parfum und Rosen erwartet. Unser Pensionär – er trug unter der Nase ein glänzendes Bürstchen und war so schön, daß ich ihn nur mit einem Auge betrachten konnte, sonst wäre ich vor Entzücken gestorben. Die Freude, die ich in seiner Nähe empfand, war oft größer als mein Körper: Ich hüpfte auf der Straße wie ein kleines Mädchen. Er war Belgier und redete durch die Nase.» Zischelnd, seufzend und klagend schleppte sie sich durch den schwarzen Regen, in den die Scheinwerfer der Autos runde Löcher schnitten. Die Schläge einer Glocke drangen wie das Pochen eines Herzens an ihre Ohren, wie das jetzt verstummte Ticken der goldenen Uhr, die nun als runder, glänzender Fisch unter dem Wasser schwamm, der hochmütig an den andern Fischen vorbeischwebte, obwohl er tot war.

Die «überhäufte Bürokraft»

Das war kein liebevoller Winter, der den Schnee zurückhielt, ihn nicht auswarf über dem Land, damit es darunter ungestört hätte schlafen können. Auch die Frau, von der hier die Rede ist, fand keinen Schlaf. In ihrem Kündigungsschreiben hatte sie geschrieben: «Ich bin eine überhäufte Bürokraft.» Sie hatte immer ein inneres Zittern: vor Angst oder vor Schreck. Vermutungen quälten sie. Wenn sie ganz schnell vom Tisch zum Bett ging, auf das sie sich warf, sah sie, daß die Lampe an der Decke vom Luftzug hin und her schaukelte und spürte im ersten Augenblick nicht nur ein Staunen, sondern auch Furcht. Sie warf sich manchmal aufs Bett, weil sie nicht mehr stehen oder sitzen konnte: plötzlich erlahmten ihre Kräfte. Weil in der Wohnung nur harte Stühle standen, legte sie sich nieder, wenn sie in einem Buch las. Wenn sie Musik hörte, lag sie auf der rechten Seite und preßte mit dem linken Arm das Kissen gegen ihre rechte Wange, während der rechte Arm ihren Körper zu umfangen suchte, doch er war zu kurz; die Hand berührte nur das Schulterblatt. Sie lag da mit geschlossenen Augen und angezogenen Beinen. Übrigens schrieb sie viele Bewerbungsschreiben, in denen sie ihre Fähigkeiten anpries: «Ich bin dynamisch und geduldig in einem. Wenn ich nicht schlafe (was ich schon seit einiger Zeit nicht mehr kann), konzentriere ich mich stundenlang, und man muß mich zwischendurch nicht füttern und nicht tränken; abends suche ich mir meine Beute allein, indem ich die Stadt verlasse und durch das Tal streife: Vögel und Mäuse sind dann vor mir nicht sicher.»

Die Wohnung war sehr groß: ein ausgebauter Dachstock mit zwei winzigen Klappfenstern. Sie gehörte einer Musikerin, die auf Reisen war. Die Wände waren wie aus Schnee gebaut. Vorher hatte die «überhäufte Bürokraft» in einer Pension gewohnt, wo man nur mit hauseigenen Spezialreißnägeln Bilder an den Wänden befestigen durfte. Jeder Besuch hatte sich anzumelden und durfte nur bis zehn Uhr abends bleiben. Im Fernsehzimmer mußte man den Apparat um elf Uhr ausschalten. Es waren zur Hauptsache ehemalige Patienten aus der psychiatrischen Klinik, die man in jenem Haus unterbrachte, das früher eine Pension für junge Mädchen gewesen war und ein Symbol reduzierten Lebens blieb. Die Hotelgäste, die sich manchmal dorthin verirrten, kriegten ein großes Badetuch, die Pensionäre ein kleines. An Sonntagen wurde nicht gekocht; die Pensionäre saßen in ihren Zimmern, verzehrten ihre Wurstbrote und schauten aus den Fenstern auf eine Hauswand. Einmal, als die «überhäufte Bürokraft» am Fenster stand, sah sie den Schatten eines Baumes auf der Straße liegen und dachte, es sei sie selbst, die dort läge.

Sie war der Meinung, sie habe kein Recht, in dieser großen Wohnung, in die die Musikerin bald zurückkehren würde, zu leben. Sie ging auf Zehenspitzen und verglich manchmal ihre Uhrzeit mit der telefonischen Zeitangabe. Sie dachte von der Musikerin: «Sie hat Kraft. Es ist leicht, gut zu sein, wenn man Kraft hat.»

Am Weihnachtstag erhob sich am blassen Himmel eine rosaviolette Wolkenwand wie ein Berg aus Watte über den Dächern der Stadt. Die «überhäufte Bürokraft» feierte nicht. Die Angst zu verarmen hinderte sie daran, für sich Geschenke einzukaufen. Aber sie sah aus wie eine Frau, die die Liebe kennengelernt hatte oder noch erwartete.

Frau Leisegangs Besitz

In einem Park, der früher ein Friedhof war und wo die Dichter der Stadt einen Baum gepflanzt haben, lernte ich Frau Leisegang kennen. Sie saß neben mir auf der Bank beim Kinderspielplatz und fing in der Art einsamer Menschen plötzlich zu reden an. Sie erzählte etwas wirr, und erst einige Stunden später, als ich das Ganze überdacht hatte, sah ich die Frau deutlich vor mir.

Frau Leisegang lebte in einem Haus, das rot war wie ein Granatapfel und das in einer stillen Nacht abbrannte, worauf Frau Leisegang ins Hotel zog. Seither lebt sie im Hotel. Sie besitzt dreiunddreißig Luftpostbriefe, einundvierzig andere Briefe und ein Telegramm aus Paris in einem großen, gelben Couvert, das aufgeplatzt ist und das sie vor den Flammen retten konnte. Die Briefe stammen von Otto, einem Dichter, den sie in ihrer Jugend liebte und der viel gereist ist und schon seit Jahren in Südamerika lebt und nicht mehr dichtet. Seitdem er geheiratet hat, schreibt er ihr nicht mehr.

Eines Nachts sagt Frau Leisegang laut: «Meine schöne, große Liebe – was mache ich jetzt damit?» und erwacht. Der Wasserhahn tropft. Sie liegt auf dem Rücken und hat den rechten Arm über das rechte Auge gelegt. Die Nacht fährt langsam davon wie ein Lift, und der Morgen ist ein leerer Liftschacht. Frau Leisegang steht auf, zieht sich an und frühstückt allein im Speisezimmer, dann stopft sie das Couvert mit den Briefen des Dichters, das auf dem Nachttisch liegt, in ihre große Tasche und geht durch die Straßen der Stadt: in den Schaufenstern schreitet sie wie aus Tunneln heraus mit gefurchter Stirn. Die grünen Straßenbahnen rattern und klopfen, jammern und blasen, wenn sie sich fortbewegen. Vor einem Bräunungs-Studio küssen sich zwei schneeweiße Menschen. «Aber», denkt Frau Leisegang, «an einem hellen Morgen.» Sie begibt sich ins Büro, wo sie zu früh ist. Sie öffnet das Fenster; etwas später fliegt eine ziegelfarbene Taube auf das Sims und äugt ins Zimmer herein. Frau Leisegang nimmt die Hülle von der Schreibmaschine, setzt sich auf den Stuhl, drückt die Tasche mit den Briefen gegen ihren Bauch, senkt den Kopf und wartet. Ein Sperling ruft in kurzen, regelmäßigen Abständen. Es wird niemand kommen, um Frau Leisegang ihren Besitz streitig zu machen. Sie kann ihn auch nicht versichern, und niemand wird ihn erben wollen.

Der letzte Frühlingstag

Seit ich täglich auf Franz warte, hat sich mein Tinnitus (den ich vor ihm mit keinem Wort erwähnen darf) drastisch verstärkt. Heute marschiert im linken Ohr ein Trupp Soldaten mit Nagelschuhen auf Asphalt, im rechten Ohr wirft sich ein Schwarm Fliegen, Wespen oder Käfer in immer gleichem Rhythmus gegen eine Fensterscheibe. Er sagte am Telefon, er käme um zwei, später um fünf, jetzt, da ich diese Zeilen schreibe, ist es neun Uhr. Der Nachmittag hat schön begonnen, natürlich mit Warten auf Franz. Er ist ein Dichter, deshalb kann er nicht um zwei Uhr erscheinen wie abgemacht. Um drei Uhr stülpe ich meinen großen, schwarzen Hut auf den Kopf und gehe spazieren. Ich setze mich auf eine Bank.

Ein Schiff mit einer Schleife aus purem Gold zieht vorbei – und überall im flüssigen Metallband vor mir schwanken Windrädchen, die kreischen, die plötzlich vom Wind in die Luft gerissen werden, sich unter dem blendenden Himmel nach allen Seiten drehen wie in fiebriger Neugierde, um sich wieder fallen zu lassen – nicht ins Bodenlose, sondern sorgsam auf die tragende Fläche. Ich werde von Mücken umtanzt. Die Cigarillo, die ich schließlich rauche, vertreibt sie. Eine flatternde Fahne auf einem Hausdach zeigt immer wieder für Sekunden ihr Bild, ihr Zeichen. Auf einer Hausmauer steht EINGREIFEN in großen Buchstaben. Fast unten, am flüssigen, fließenden Metall ist das Wort von hier aus, von der andern Seite, zu lesen. Woher kommt der aschgraue Schatten, der auf den Hausmauern drüben liegt? Die Häuserreihe in meinem Rücken leuchtet. Ich bin ein Mensch, der sich am ersten Frühlingstag freut wie die andern Bläßlinge, die am Ufer sitzen oder langsam vorbeigehen. Einige Helferinnen schieben Rollstühle, ein junger Vater mit einer Wollmütze auf dem Kopf hält, nah am Wasser sitzend, sein winziges Kind im Arm, das auch ein gestricktes Mützchen trägt. Der Gesichtsausdruck beider zeigt Zufriedenheit. Ich verliebe mich in sie, wie man sich ins Bild eines Impressionisten verliebt oder in Debussys Musik.

Spät in der Nacht erwache ich auf dem Bett in meinem Schlafzimmer, weiß die Hausapotheke in der blaugoldenen und die Musikkassetten in der bunten Kartonschachtel. Das kalte Licht der Bürolampe auf meinem Tisch blendet. Der Riegel an der Wohnungstür ist nicht geschlossen, der Schlüssel herausgezogen, so daß Franz selbstverständlich eintreten kann mit dem eigenen Schlüssel, auch morgens um zwei.

Die Vorhänge in meinem Zimmer verbergen die violette Nacht. Ich weiß: Für Franz wird die Nacht zum Tag, der Tag zur Nacht. Hinter einer finstern Wolke läßt er das Herz der Erde pochen; schön ist der Regen, ein Rauschebart, der aus einer finstern Höhle im Wald kriecht und großspurig vorbeischreitet an den Fenstern der schlafenden Menschen, mit schnellem Schritt, ohne sich im Nebel wirklich zu zeigen, aber der Morgenstern flimmert schon in seinem Haar. Franz schreibt irgendwo weiter, Zeile für Zeile. Die Buchstaben sind kleine Wellen, unleserlich.

Ich höre leise Musik: Schumann, Schubert. Mein Kassettenrekorder steht am Boden, eingeklemmt zwischen Bett und Tisch. Das Zimmer ist winzig, aber die Musik öffnet für mich den vergangenen Tag, die heutige Nacht. Ich kann weinen.

Nachwort

Herakleitos sagt, daß die Wachenden ein und dieselbe gemeinsame Welt haben, während sich von den Schlafenden ein jeder zu seiner eigenen abwende.
Aus den Fragmenten der Vorsokratiker

Unsere ganze Geschichte ist bloß Geschichte des wachenden Menschen; an die Geschichte des schlafenden hat noch niemand gedacht.
Georg Christoph Lichtenberg im Sudelbuch K

Aus Adelheid Duvanels Einzigartigkeit entsteht auch die Schranke, die sich um ihr Werk zieht.

Gewöhnlich finden wir uns bei eigenwilligen Autoren fürs erste zurecht, indem wir sie vergleichen. Irgend etwas erinnert an anderswo Gelesenes, und schon hat man ein Etikett: wie Kafka ..., wie Kleist ..., wie Robert Walser ... Das ist zwar meistens ein Unsinn, aber es befreit aus der unangenehmen Lage, das Einmalige begreifen und benennen zu müssen.

In vielen Fällen hört man bei jungen Autoren allerdings ein tatsächliches Vorbild heraus, die Intonation eines Bewunderten, der dem Anfänger die Zunge gelöst und es ihm möglich gemacht hat, selbst zu reden. So stand Max Frisch zunächst im Bann Albin Zollingers, Dürrenmatt im Bann Claudels, Otto F. Walter im Bann Sherwood Andersons und Hermann Burger im Bann Thomas Bernhards. Dies festzustellen, ist keine Etikettierung, sondern ein erster Schritt zur Bestimmung der künstlerischen Identität.

Bei Adelheid Duvanel scheitert man mit beiden Versuchen. Weder finden sich einleuchtende Ähnlichkeiten mit anerkannten Erzählerinnen oder Erzählern, noch sind offenkundige Vorbilder auszumachen. Alles, was ihre Kunst so bedrängend macht, ist von Anfang an da. Phasen einer Entwicklung, Stufen auf einem Weg vom imitierenden zum eigenen Erzählen sind nicht zu erkennen. Auch die charakteristische Struktur der Handlung, die die einzelnen Texte prägt, eine oft kaum merkliche Handlung, die dennoch Steigerungen, Umschläge und harte Abstürze kennt, ist gleich zu Beginn schon gegeben. Ein gewisser Märchenton wird zwar in den frühen Texten häufiger vernehmbar als später, aber eine Entwicklung im eigentlichen Sinn entsteht dadurch nicht.

Dies sind sachliche Feststellungen. Sie bedeuten noch keine künstlerische Wertung. So hartnäckig, wie diese Frau schreibend sie selbst ist und sie selbst bleibt bis zum letzten Tag, könnte es sehr wohl auch ein Dilettant treiben. Weder der Wandel noch die Wandellosigkeit machen bereits den großen Dichter aus. Dennoch gibt die Beharrlichkeit Aufschluß. Sie besagt, daß hier eine Autorin arbeitet, die sehr früh jene Erfahrung machte, ohne die es kein gültiges Werk gibt, das plötzliche Wissen nämlich: So ist es richtig, so muß ich schreiben, das ist meine Kunst! Und dabei blieb sie. Was heute so viele Talente ins Abseits und zu unnötigem Scheitern führt, die Verlockung, auch mal einen Roman zu schreiben, auch mal ein Theaterstück, auch mal ein Hörspiel oder einen Krimi oder ein paar Kolumnen, scheint Adelheid Duvanel nie auch nur gestreift zu haben. Es gibt Gedichte von ihr, aber nicht allzu viele, und sie fallen kaum ins Gewicht gegenüber dem monumentalen, ich wage das Wort, dem monumentalen Korpus der Erzählungen. Die Frau, die so viele Gefährdete, Schwache und Verlorene geschildert hat, war als Künstlerin stark, ausdauernd und kompromißlos. Es ist überliefert, wie sehr es sie verletzte, wenn ihr Vater wieder einmal herablassend von den «Gschichtli» sprach, die sie da immer schreibe. «Gschichtli» – in dem verächtlichen Wort steckt das Vorurteil, daß richtige Literatur ausgreifend zu sein habe, dickleibig, dröhnend, Bücher mit Ellbogen. So geriet einst Robert Walser in Wut, als Max Rychner ihn den «Shakespeare des Prosastücklis» nannte. Walser redete den Kritiker dafür als «Dr. Mäxchen Rychner» an – der Diminutiv als Kampfmittel.

Ausdauer und Hartnäckigkeit Adelheid Duvanels sind aufs engste verknüpft mit ihrem Formwillen. Nicht eine Charakterfrage stellt sich hier, sondern eine der Kunst. Auf dem kleinsten möglichen Raum die größte mögliche Verdichtung zu erreichen, das war der ästhetische Imperativ, unter dem sie stand, unter den sie sich immer von neuem stellte. Dabei meint Verdichtung sowohl die Sprache wie auch den Inhalt. Man versuche einmal, in ihren Texten ein Wort zu finden, das man streichen könnte. Dann versuche man es bei einem andern, einem besonders erfolgreichen Autor vielleicht. Die Erfahrung ist lehrreich.

Was aber meint Verdichtung des Inhalts? Es ist zunächst die Fähigkeit, ein ganzes Leben zusammenzuraffen in *einem* seelischen Zustand, in *einer* körperlichen Verfassung, an *einem* Ort, in *einem* Geschehen. Wohl treten gelegentlich zwei, drei, vier Figuren auf und an unterschiedlichen Orten. Aber der zentrale Vorgang bleibt die Erschaffung der einzelnen Person, an diesem Tag in diesem Zimmer, mit dem Aufdämmern ihrer Vergangenheit und dem, was sie vornimmt, drinnen oder draußen.

In Texten, wo man kein Wort streichen kann, gewinnt jede Wendung Gewicht. Da ist kein Satz, der nicht mit dem Ganzen verbunden wäre. Nimm ihn weg, und das Werk zerbricht. Jede Erzählung von Adelheid Duvanel erschafft einen kleinen Kosmos, eine kugelförmige Welt, die in sich selber lebt. Darin bewegen sich ein paar Leute, die einzigartig sind. Sie haben ein Gesicht, das es nur einmal gibt, und auch ein solches Schicksal. Es sind Persönlichkeiten im alten, stolzen Sinn des Wortes. «Persönlichkeit» meinte einst den Menschen, der zu sich selbst gefunden hat. Der geworden ist, woraufhin er angelegt war. Das freie Subjekt. Der Begriff ist heute verkommen zur Bezeichnung für soziale Prominenz; Nadelstreifenherren sind Persönlichkeiten.

Aber wie denn? Freie Subjekte sollen die Figuren Duvanels sein? Sie, die in jeder Geste, in ihrem ganzen Verhalten als Gefangene erscheinen, Gefangene der Einsamkeit, Gefangene der Sucht, Gefangene verrottender Familien, diese Zimmersitzer, Eckenkauerer, Bettbewohner, stets das Fensterglas zwischen sich und der Welt? Diese kleinen Oblomows aus den Vorstädten sollen Persönlichkeiten sein im alten, stolzen Sinn des Wortes? Das muß ein Witz sein.

Es ist ein Witz. Es ist der Witz aller dieser Geschichten. Duvanel geht hinter den Prozeß zurück, durch den der Begriff der Persönlichkeit allmählich gleichbedeutend wurde mit sozialem Erfolg, Einfluß und Macht. Sie geht zurück dorthin, wo die Frage nach der Würde und Wahrheit der Person noch gestellt und beantwortet wurde ohne die Bedingung des gesellschaftlichen Ansehens und der Verfügungsgewalt über andere. Sie geht zurück dorthin, wo einst auch das Kind erstmals zu einem Wesen eigener, vollgültiger Beschaffenheit erklärt wurde, kein unfertiger Erwachsener, sondern eine Gegengestalt zum Erwachsenen und diesem in so vielem überlegen. Damals wurde auch der Verrückte, der Verschrobene als Gegengestalt begriffen und erhielt seinen Rang und Ort in der verbindlichen Literatur: Goethes Tasso, Hoffmanns Kreisler, Büchners Woyzeck. Alle drei laufen am Rande des Abgrunds dahin, stören, sind ein Ärgernis. Umgeben von ‹Persönlichkeiten› im Sinne der Nadelstreifenherren, stellen sie deren Begriff vom richtigen Menschen durch ihre bloße Existenz in Frage.

Ähnliches geschieht bei Duvanel. Mit einer wilden Hingebung holt sie eine Figur um die andere ans Licht und gibt ihr einen Namen, ein Gesicht, ein Schicksal. Das ereignet sich schon in dem stereotypen Vorgang der Namensnennung, der zu den fast aufsässigen Regeln dieser Geschichten gehört. So fängt man doch heute keine Erzählung mehr an, sagt uns das literarische Designgefühl, und dann können wir uns der Magie dieses wiederkehrenden Moments doch nicht entziehen. Es ist wie ein Taufakt:

Der magere Jochen möchte Isländer sein; er stellt sich vor, daß er dann das Recht hätte, zu schweigen und zu fischen.

Annie kennt Roland, seitdem sie eine Zeitlang im gleichen Bus zur Arbeit fuhren und er einmal sagte: «Schönes Wetter heute».

Der Himmel fällt in Fetzen herunter. Die Straßenbahn hält vor Willibalds Haus. Bevor er die Tür aufschließt, kratzt er mit dem Schlüssel in seinen roten Bartstoppeln.

Ernestos Brille war stets schmutzig; er sah die Welt verschwommen, was ihm nur recht war.

Grolo sagte: «Wenn jemand für mich Falschgeld herstellen würde!» Max hatte ihm zwei Zähne eingeschlagen.

Norma ist schön wie eine Vase, die von einer weißen Hand getragen wird und die sich wünscht, fallen gelassen zu werden.

Mit dieser Namengebung im Auftakt, die etwas Altertümliches hat («Eduard – so nennen wir einen reichen Baron im besten Mannesalter ...», beginnt ein Roman aus dem Jahre 1808), treten die Figuren im wörtlichen wie in jedem andern Sinn aus der Namenlosigkeit. Die An-Onymen erhalten ihr Onoma, das Wort, das sie zur Person macht. Und diese Person sind sie dann, dürfen sie sein, würdig und wahr noch in den dunkelsten Geschichten vom Verschwinden in Kälte und Verlassenheit.

Zu den Zeiten, als Adelheid Duvanel schrieb, wurde die Literatur weithin sozialkritisch gelesen und nach ihrem sozialkritischen Gehalt beurteilt. Dafür schienen diese Geschichten zunächst sehr geeignet. Waren es denn nicht lauter Opfer der gesellschaftlichen Verhältnisse, die da vor den Lesern vorüberzogen? Aber dann wollte die Rechnung doch wieder nicht richtig aufgehen. Wo blieb die Anklage? Wo waren die Täter und die Bezichtigung der Täter und das Gericht über die Täter? Wohl tauchten gelegentlich Mächtige und Einflußreiche auf, aber nicht so, wie man es erwartete, nicht als die exemplarischen Ausbeuter, in denen sich alles Übel der herrschenden Zustände verdichtete. Auch eine klare Geschlechtertheorie war nicht zu erkennen. Den Männern ging es nicht besser als den Frauen. Bosheit und Leiden, Sehnsucht und Liebesverlust erschienen wahllos auf beide Geschlechter verteilt. Von einem Gericht über das Tätergeschlecht – «Ihr Männer, ihr Ungeheuer!» – konnte keine Rede sein. Das alles machte Adelheid Duvanel verdächtig. Sie eignete sich nicht für Frontenbildungen, stand quer zu den lauten Programmen. Den Linken wie den Bürgerlichen war sie gleichermaßen unangenehm. Sie war nicht öffentlich zu verwerten. So ließ man sie gerne stehen. Was ist schon Kunst, wenn sie kein Wasser liefert auf meine Mühle!

Es gibt diesen Satz von Heraklit, dem Denker aus der dunklen Frühzeit. Die Menschen, sagte er, leben als Wachende alle in einer gemeinsamen Welt, im Schlafe aber tritt jeder in seine ganz eigene Welt ein. Das ist nicht einfach eine Traumtheorie. Traumtheorien waren stets billig zu haben. Botschaften der Götter sind die Träume oder Heimsuchungen böser Geister, üble Verführungen oder interessante Nachrichten. Man erfährt eine Lottozahl, wird vor einem Fehltritt gewarnt, am Narrenseil herumgeführt oder von einem Unhold gequält. Daß die Schlaf- und Traumexistenz des Menschen seine naturhafte Person genausosehr ausmachen könne wie die helle Tagesexistenz, daß die beiden einander nicht als das Wahre und das Falsche gegenüberstehen, sondern jede gleichermaßen wahr sei, das wagte nach Heraklit nur selten einer zu denken. In dem uralten Satz steckt eine ganze Anthropologie. Wir akzeptieren sie auch heute noch nicht. Zwar gestehen wir seit den Romantikern und Freud dem Traum einiges mehr zu, aber woran wir weiterhin unbedingt festhalten, ist die scharfe Grenze zwischen dem Wachleben und dem Schlafleben.

Als Lichtenberg eine Geschichte des schlafenden Menschen forderte, muß er an Heraklit gedacht oder aber dessen dramatische Erkenntnis seinerseits erlebt haben. Sein Leitspruch zu Beginn des Sudelbuches C, «The whole man must move together», ist deshalb auch so zu verstehen, daß die Ausgrenzung der traumgeprägten Eigenwelt aus der vernunftbestimmten Gemeinschaftswelt zu einer Verkümmerung des einzelnen und zu einer Verzerrung des menschlichen Wissens über den Menschen führen müsse. Theoretisch ist das leicht gesagt; die Tücken zeigen sich in der Praxis. Denn in der modernen Zivilisation steht alles, was aus der Welt der «Schlafenden» in die der «Wachenden» tritt, unter dem Verdikt des Pathologischen. Wer bei sich selbst so etwas zuläßt, spinnt. Einfacher kann man es nicht sagen. Einfacher kann man nicht sagen, was so viele Gestalten Adelheid Duvanels bewegt.

Die Leistung dieser Autorin ist weit weniger eine sozialkritische als eine anthropologische. Hinter ihrem Werk steht eine mächtige Wahrheit: die Grenzen zwischen Schlaf und Wachen, zwischen der eigenen und der allgemeinen Welt sind durchlässig. Daß sie mit einem scharfen Strich gezogen seien, ist eine Täuschung. Diese stammt aus der Abwehr des Fremden. Auch aus der Angst der Vernunft vor ihren eigenen Rändern. Wenn die Grenze vom scharfen Strich zum Raum wird, zu einer Zone, wo es von beiden Seiten hereinweht, verlieren wir die Sicherheit – uns selbst gegenüber wie den andern.

Diesen Raum betreten wir aber in den Zimmern, in denen die Leute Duvanels wohnen. Hier ereignen sich immerzu die Übergänge. Hier weht es herein von beiden Seiten, und manchmal besetzt die eine das Ganze endgültig. Dann regiert der «Schlaf» den Ort und das Subjekt. Das ist nicht leicht zu ertragen, und wir retten uns jeweils rasch in den erwähnten Satz, der einfacher nicht mehr sein kann.

In den meisten Fällen aber löst sich nur die schroffe Trennlinie auf. Doch auch dies bringt uns, die Leserinnen und Leser, in Schwierigkeiten. Wir merken, daß wir zwar viele Begriffe haben für das, was hier geschieht, daß diese Begriffe aber immer von der scharfen Grenze ausgehen. Wir reden von Phantasien, von Vorstellungen, von Tagträumen, Projektionen und Einbildungen – und alle diese Wörter setzen die klare Differenz zur Wirklichkeit voraus. Daß hier auch eine andere, ebenso reiche, ebenso lebendige Wirklichkeit sein könnte, davon weiß unsere Sprache nichts. Sie hat ja nicht einmal die Möglichkeit, die Belebtheit der Puppe, die das kleine Mädchen mit sich herumschleppt, zu benennen.

In diesen Räumen, die wir betreten, wenn wir Duvanel lesen, wissen wir nie genau, kommen sich die Leute immer mehr abhanden oder gewinnen sie endlich sich selbst. Gehen sie zugrunde oder finden sie eine neue, waghalsige Möglichkeit zu überleben? Wird der Schatten zum Licht, wenn das Licht sich verschattet? Es gibt Anzeichen für beides. Man mag es von Fall zu Fall neu bedenken. Wichtig bleibt eins: daß die Autorin ihre Gestalten nie verrät. Noch den hilflosesten, einsamsten beläßt sie ihre Würde. Sie bleiben, mit einem alten Wort, unsere «Nächsten».

Wo die Grenze zwischen der gemeinsamen und der eigenen Welt zum Raum wird, gewinnen auch die gewöhnlichsten Dinge eine neue Qualität. Das beginnt schon mit dem Hut der Mutter in dem frühen Text von 1963. Er führt jenes merkwürdige Eigenleben, das ihn als Bewohner zweier Zonen ausweist, des «Schlafs» und des «Wachens». Von hier aus ist der eigentümliche Realismus in den Erzählungen Adelheid

Duvanels zu verstehen. Jede Kleinigkeit wird überscharf gesehen, aber nicht nur als soziales Symptom, als Zeichen der Armut oder des Reichtums, sondern auch als etwas, das plötzlich ein Eigenleben gewinnen kann. Deshalb lassen sich diese vielen herumliegenden Dinge auch nicht in literarisch gewohnter Weise lesen, als Symbole, die das Geschehen wie Metaphern kommentieren. Wenn es etwa plötzlich heißt: «Am Boden des Zimmers liegen auf einem weißen Papier, das sich im Luftzug bewegt, lange schwarze Handschuhe», versagen vor diesem Bild, das aufleuchtet wie in einem Film von Buñuel, unsere gewohnten Deutungsverfahren. Ist das ein Sinnbild, also ein Ergebnis künstlerischer Setzung? Oder ein Symptom, also ein Zeichen für den seelischen Zustand des Mannes, von dem erzählt wird? Der Raum, in den es von beiden Seiten hereinweht, verwandelt auch die gewohnten literarischen Verfahren und fordert uns neue Weisen des Lesens ab. So auch in den zwei vielleicht hinreißendsten Geschichten von der Liebe, die Adelheid Duvanel geschrieben hat, ‹Begegnung› und ‹Die erste Betonkirche Europas›. Einmal ist es der kleine Marienkäfer aus Holz mit vom Luftzug bewegten Beinen und Kopf, das andere Mal das von der Tischlampe verbrannte Buch («Es hat nun auf jeder Seite bis in seine Mitte einen braunen Fleck»), was uns die Deutung abfordert. Aber sie will nicht so flink und schlüssig gelingen, wie wir's gerne hätten. Immer bleibt ein Widerstand, ein Zweifel. Man muß Adelheid Duvanel lesen lernen. Dabei lernt man lesen.

Dies betrifft auf besondere Art die unverstellt poetischen Passagen, die in die Erzählungen eingesetzt sind wie kleine Collagen aus glänzenden Papieren. Oft sind es eindeutig von der Erzählstimme geformte Textteile, oft Erfahrungen der

Figuren; gelegentlich bleibt die Perspektive unentschieden. Aber man erkennt die Passagen stets sofort als eine Redeweise, die sich vom übrigen Text unterscheidet. In der Regel handelt es sich um Naturbilder, Momente der Witterung und des Lichtwechsels. Sie sind dichterisch überraschend, nicht selten kühn, auch befremdend. Ihre Wiederkehr wird zu einem Merkmal der Dunavel-Geschichten. Wenn die erste Irritation überwunden ist, ertappt man sich dabei, daß man auf die Stellen wartet.

Adelheid Duvanel ist gestorben, als hätte sie sich selbst erzählt. Sie ist erfroren mitten im Sommer, in einer eiskalten Nacht, im Wald. Hier hatte sie sich verkrochen und mit Medikamenten in tiefen Schlaf versetzt. Vielleicht hat sie mit der Möglichkeit des Todes gerechnet. Sie kannte beides, das solide bürgerliche Leben und die Not am sozialen Rand. Sie hat viel gezeichnet, aber die Zeichnungen eignen sich nicht als Illustrationen ihrer Erzählungen. Diese sind ihr eigentliches Werk. An jede Geschichte hat sie sich hingegeben wie besessen. Die Welt verschwand um sie, wenn sie schrieb. Nichts war mehr da als dieser winzige runde Kosmos mit den zwei, drei merkwürdigen Einwohnern und dem plötzlichen Licht am Himmel. Man darf ihre Arbeiten nicht von ihrer Biographie aus lesen. Das verwischt nur, worauf es ankommt, die souveräne Kunst und die Nachricht über uns selbst.

Peter von Matt

Quellenverzeichnis

Folgende Erzählungen werden hier zum ersten Mal in Buchform publiziert und erschienen in den *Basler Nachrichten (BN)*

– unter dem Pseudonym Judith Januar:

‹Der Hut›, in: ‹Sonntagsblatt› Nr. 236 der *BN*, 1963; ‹Das ist nun eben so, lieber Gott›, in: ‹Sonntagsblatt› Nr. 70 der *BN*, 1964; ‹Ein Hahn namens Eugen›, in: ‹Sonntagsblatt› der *BN* vom 6. August 1961; ‹Die Wolken›, in: ‹Sonntagsblatt› der *BN* vom 17. November 1963; ‹Georg›, in: ‹Sonntagsblatt› Nr. 363 der *BN*, 1965.

– unter dem Namen Adelheid Duvanel:

‹Ein ganz gewöhnlicher Waschtag›, Nr. 311 der *BN*, 1965; ‹Eine Reise ans Meer›, Nr. 295 der *BN*, 1967.

 Verlag und Herausgeber danken für seine Hilfe Herrn Felix Feigenwinter, Basel.

‹Der Flügel›; ‹Aufbruch mit drei Plüschaffen›; ‹Leo›; ‹Die Nachbarin›; aus: A. D., *Windgeschichten*, 1980.

‹Das Brillenmuseum›; ‹Der Engel›; aus: A. D., *Das Brillenmuseum. Erzählungen*, 1982.

‹Kavalier›; ‹Ein Fremder›; ‹Das Foto›; ‹Der Kamm›; ‹Begegnung›; ‹Fenstergeschichte›; ‹Die erste Betonkirche Europas›; ‹Die Ordnung›; ‹Einsamkeit›; aus: A. D., *Anna und ich. Erzählungen*, 1985.

‹In einem Schächtelchen›; ‹Willibald›; aus: *Das verschwundene Haus. Erzählungen*, 1988.

‹Das Auto›; ‹Ernesto›; ‹Die mißhandelten Blumen›; ‹Das Geschenk›; ‹Es war nicht alles verloren›; ‹Die Entführung›; ‹Vogel friß oder stirb›; ‹Verena›; ‹Marietta›; ‹Die Pflicht›; ‹Eva und Ruth›; ‹Chantal›; ‹Ein unbändiges Lachen›; ‹Die gekauften Träume›; ‹Innenleben und Eigenleben›; ‹Gnadenfrist›; ‹Winter im Frühling›; ‹Christa›; ‹Stefanie›; ‹Die Stille›; ‹Ich haßte ihn›; ‹Vom Recht, lebensuntüchtig zu sein›; aus: A. D., *Gnadenfrist. Erzählungen*, 1991.

‹Philo und der Geiger›; ‹Der Schal›; ‹Richard›; ‹Zufluchtsort›; ‹Der Sieche will in der Sauberkeit liegen›; ‹Die Katze›; aus: A. D., *Die Brieffreundin. Erzählungen*, 1995.

‹Ronalds Bahnhof›; ‹Die goldene Uhr›; ‹Die ‚überhäufte Bürokraft'›; ‹Frau Leisegangs Besitz›; ‹Der letzte Frühlingstag›; aus: A. D., *Der letzte Frühlingstag. Erzählungen*, 1997.

Gottfried Keller
Martin Salander
Roman.
Mit einem Nachwort von Peter Bichsel
384 Seiten. Gebunden
ISBN 3-312-00326-1

«Angesichts der brandheißen Aktualität des *Martin Salander* als einer grimmigen wirtschaftsethischen Diagnose vergisst man allzu leicht, dass er auch ein Roman um vielerlei Frauen ist. Sie stehen, wie fast alles in diesem Buch, in einem Zwielicht, das es so unheimlich bei Keller früher nicht gab. Aber Marie, Salanders Frau, wird gerade vor diesem Hintergrund zu einer der stärksten und bewegendsten Frauengestalten der deutschen Literatur.»
Peter von Matt

Gottfried Kellers zornigstes Buch, schon seit längerem in keiner Leseausgabe mehr greifbar, ist von verblüffender Aktualität: in einer Zeit, in der die demokratische Ordnung gesichert scheint, verbreitet sich wildes Spekulationsfieber, ein Taumel der Bereicherung einzelner auf Kosten aller. *Martin Salander* ist zugleich politisches Testament, verschlüsselte Autobiographie und die hellsichtige Abrechnung mit einer verlogenen Politik und egoistischen Geschäftemacherei.

KOLLEKTION
NAGEL & KIMCHE